곡강루기우기曲江樓奇遇記·상사동전객기相思洞餞客記

김정숙
충북 충주 출생으로 고려대학교 국어국문학과를 졸업하고 고려대학교 대학원에서 박사학위를 취득하였다. 이후 고려대학교 BK21 연구전임강사, 단국대 동양학연구원 책임연구원 등을 역임하였고 현재 고려대, 원광대에서 강의를 하며 단국대 동양학연구원 학술연구교수로 재직 중이다. 박사학위논문은 『조선후기 재자가인소설 연구』이며, 이후 동아시아의 관점에서 전근대 한중일 문화 및 문학 비교, 특히 한중일 귀신이나 異物, 異界에 관해 연구 중이다. 저서로는 『조선후기 재자가인소설과 통속적 한문소설』, 번역서로 『일본한문소설 야창귀담』 등이 있다.

국역 곡강루기우기曲江樓奇遇記·상사동전객기相思洞餞客記

2015년 2월 20일 초판 인쇄
2015년 2월 25일 초판 발행

옮긴이 _ 김정숙
펴낸이 _ 장호성
기 획 _ 이재석
제 작 _ 김남필
편 집 _ 성두현·박보혜
펴낸곳 _ 단국대학교출판부
등 록 _ 1968.2.27 : No. 제03-00095호
주 소 _ 경기도 용인시 수지구 죽전로 152
전 화 _ 031-8005-2405
팩 스 _ 031-8021-7154

값 12,000원

ISBN 978-89-7092-536-3 94800
ISBN 978-89-7092-506-6 (세 트)

* 이 도서는 2014년도 단국대학교 교비 지원으로 출판되었습니다.

동양학 번역총서 3

곡강루기우기 曲江樓奇遇記 · 상사동전객기 相思洞餞客記

김 정 숙 역
단국대학교 동양학연구원 편

단국대학교출판부

간행사

단국대학교 동양학연구원은 1970년 설립된 이래, 다양한 연구서와 동아시아의 역사와 문화에 관한 희귀한 자료를 발굴・정리한 동양학총서를 간행하여 한국학 연구자들과 동양학 연구자에게 실질적인 자료를 제공해 왔습니다. 출간된 연구서와 자료총서 중에는 학계에 상당한 반향을 불러일으킨 저작이 적지 않습니다. 특히 품이 많이 들고, 오랜 시간 많은 연구원들의 집중적인 노력 없이는 만들어지기 어려운 자료총서의 간행은 인문학의 토대를 내실 있게 다지는 작업으로써 우리 동양학연구원과 단국대학교의 인문학적 저력이자 원동력이 되어 왔습니다.

이번에 발간하는 동양학 번역총서 제3권 『곡강루기우기曲江樓奇遇記・상사동전객기相思洞餞客記』 역시 이러한 학문적 전통 아래 간행하게 된 것입니다. 1970년 문을 연 동양학연구소가 2011년 동양학연구원으로 승격된 이후 번역・간행하는 동양학 번역총서는 우리 연구원의 번역실이 사업의 중심에 서서 본교의 연민문고와 도서관, 그리고 본 연구원의 자료실에 소장된 귀중한 한문 전적 자료를 번역하여 학계에 공개하고자 하는 사업입니다.

그간 정리되지 않고 묻혀 있던 한문 전적 자료를 발굴하고 선별하여 연구자들과 일반인들이 쉽게 접근할 수 있게 번역・출간하는 일은 부족

한 우리나라의 인문학적 기반을 확장하는 소중한 작업이라고 생각합니다. 특히 우리 학교에 소장된 상당한 자료 중 아직 학계에 공개되지 않은 자료를 대상으로 하는 것이라는 점에서 이와 같은 작업은 더 큰 의미를 지니는 것이라고 할 것입니다.

이번에 발간하는 동양학 번역총서 제3권 『곡강루기우기曲江樓奇遇記 · 상사동전객기相思洞餞客記』는 본교 연민문고에 소장된 미공개 필사 소설 자료로 아직까지 학계에 공개되지 않은 것입니다. 이 자료를 동양학 번역총서 제3권으로 선정한 것은 미공개 자료의 공개라는 학문적 가치와 함께 한문소설이 가지고 있는 흥미롭고 다양한 재미를 현대의 독자들에게 알려, 현대의 독자들이 고전과 한문에 대한 새로운 관심을 가질 수 있도록 하기 위해서입니다. 이와 같은 점에서 동양학 번역총서 제3권으로 『곡강루기우기 · 상사동전객기』를 번역 · 출간한다는 것은 상당한 의미를 지니는 일이라고 할 것입니다.

동양학 번역총서 제3권의 간행을 맞아 이 자리를 빌어 부족하고 열악한 환경 속에서도 국내 · 외 학계의 다양한 연구자들과 끊임없이 토론하면서 자료 속에 파묻혀 지내는 우리 연구원 구성원 모두의 노고에 경의를 표합니다. 아울러 『곡강루기우기 · 상사동전객기』 간행의 책임을 맡아 주석 · 번역과 해제 작업을 해 주신 김정숙 선생님께 진심으로 감사의 마음을 전합니다.

엄밀한 선별 과정을 거쳐 번역 간행되는 동양학 번역총서는 앞으로 동양학을 연구하는 연구자들에게 귀중한 자료의 보고가 될 것이고, 이 번역총서를 바탕으로 우수한 연구 성과들이 쏟아져 내올 것이라고 생각합니다. 이와 같은 점에서 동양학 번역총서의 간행은 그간 이어져 온 동양학연구원의 학문적 전통을 충실하게 계승하는 의미 있는 성과가 될 것입니다. 이후로도 이 중요한 작업이 순조롭게 진행되기를 기대하며, 동양학 번역총서의 간행에 물심양면으로 도움을 주신 단국대학교 장호성 총장님을 비롯하여 단국대 출판부 관계자 여러분들께 다시 한 번 깊은 감사의 마음을 전합니다.

2014년 2월

단국대학교 동양학연구원장 서영수

일러두기

1. 이 책의 번역을 위한 대본臺本은 단국대학교 연민문고 소장 한문 필사본 『잡휘雜彙』 속의 「곡강루기우기曲江樓奇遇記」와 「상사동전객기相思洞餞客記」이다.
2. 본서는 「곡강루기우기」와 「상사동전객기」를 1, 2부로 나누어 각각 해제, 번역, 원문 순으로 편차하였고, 마지막 3부에 「곡강루기우기」와 「상사동전객기」의 영인 원문을 수록하였다.
3. 번역은 최대한 현대 국어로 옮겨 독자들의 가독성可讀性을 높이고자 하였다. 따라서 주석의 경우 반드시 필요한 경우에만 달아두었고, 한자의 사용을 최소화하였으며, 한자를 부기할 경우에도 한자의 크기를 줄여 가독성을 높이고자 했다.
4. 번역문과 원문에서 누락된 글자는 글자 수만큼 □으로 표기하였다.
5. 원문에서 누락·마모되었지만 글자를 유추할 수 있는 경우나 오자가 확실하다고 생각되는 경우 해당되는 글자를 ( ) 속에 넣어두었다.
6. 번역·원문과 달리 영인본의 경우 좌철을 하여 원문 확인에 편의성을 도모하였다.

차례

제1부

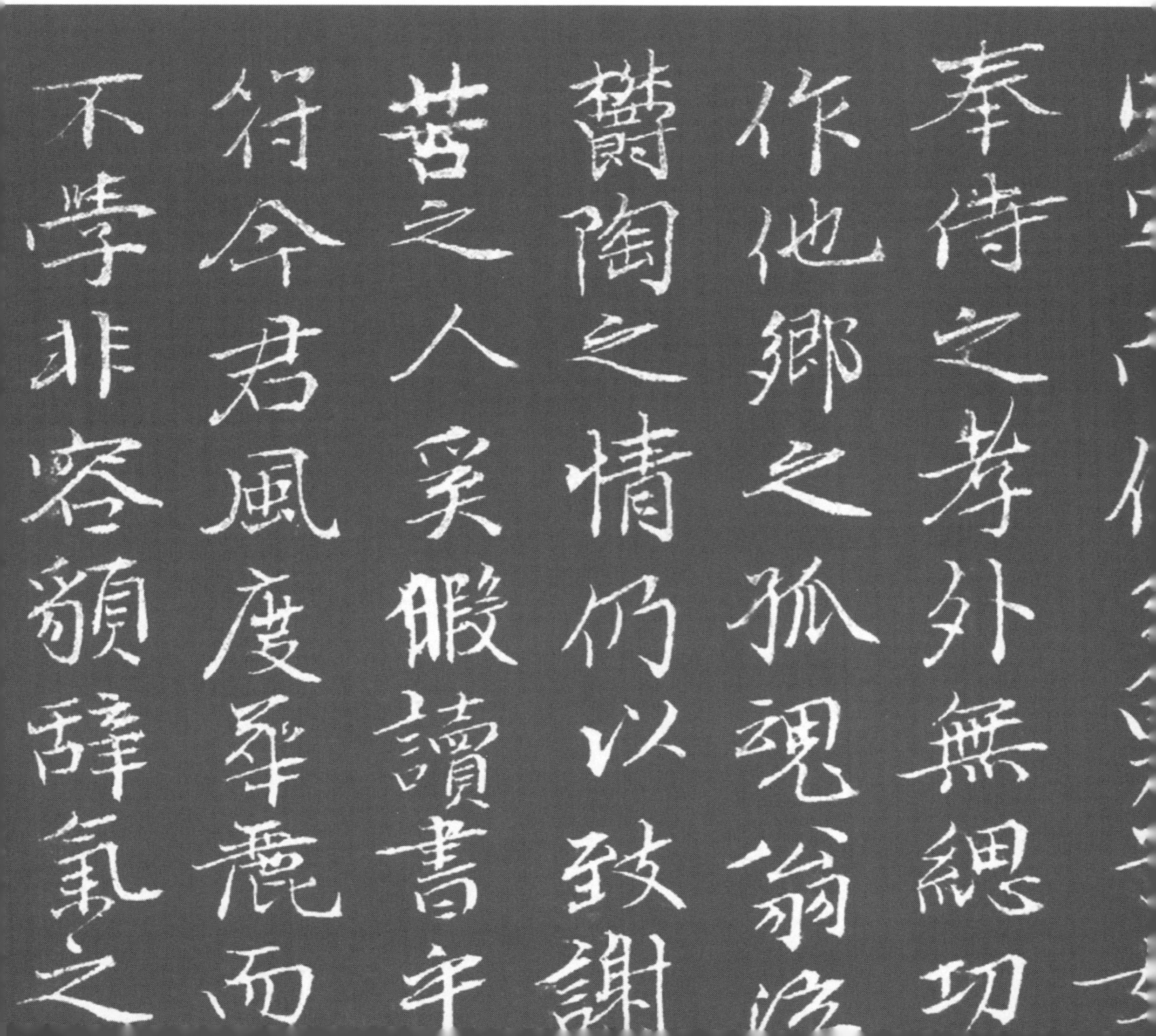

「곡강루기우기曲江樓奇遇記」

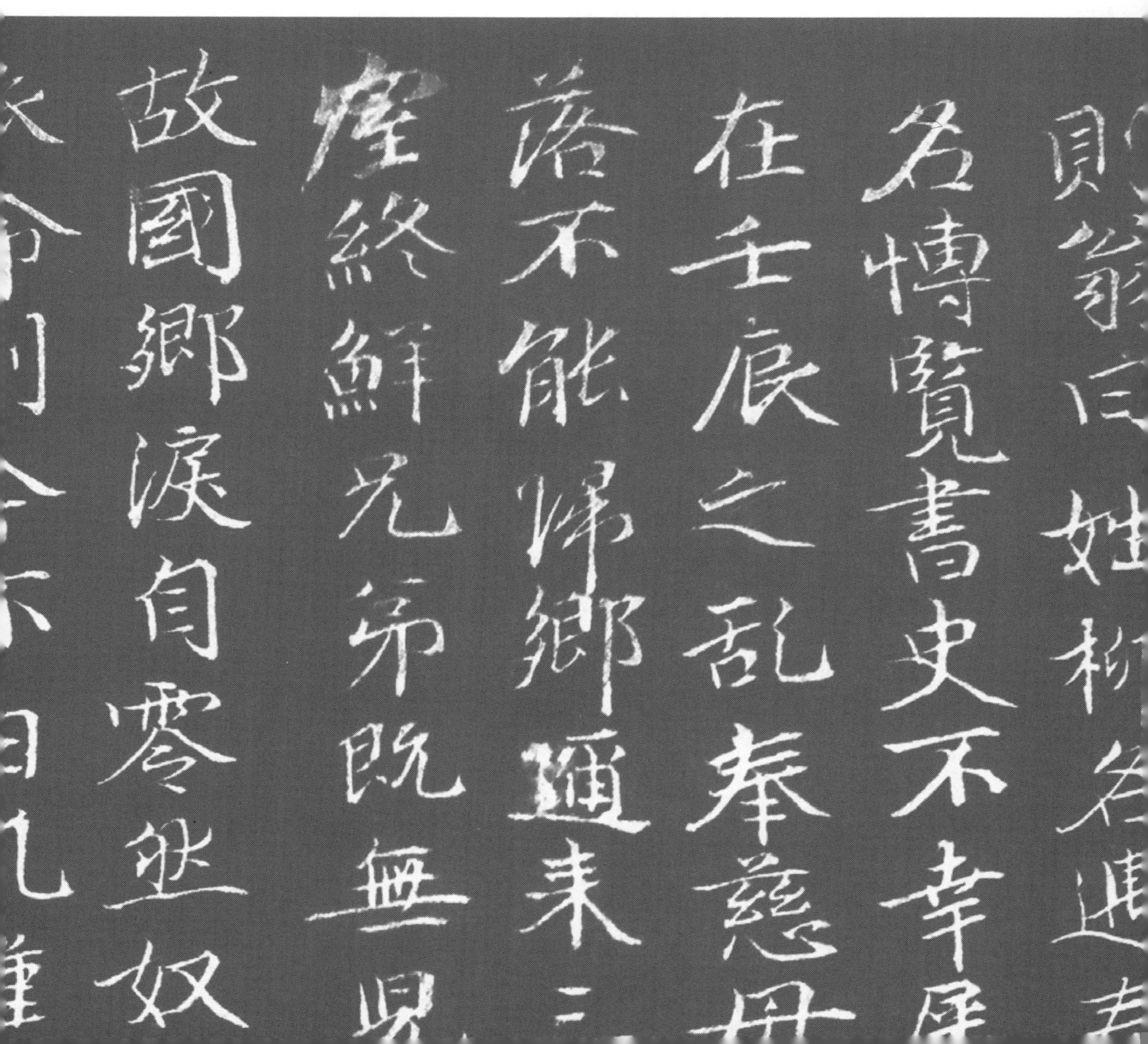

1 「곡강루기우기曲江樓奇遇記」 해제解題

「곡강루기우기曲江樓奇遇記」는 남녀가 한때 만나 인연을 맺었던 일을 소설화한 작자 미상의 애정전기소설로, 현재로서는 연민문고본이 유일본이다. 작품의 창작 시기는, 소설의 배경이 기사춘己巳春 3월 30일이며 작품 속 노옹이 임진왜란으로 피난 온 지 30여 년이 지났다고 했으니 1592년 임진년 이후 30여년 후 기사년은 1629년이다. 또한 작품 속에 백호 임제(1549~1587)의 시가 인용되었는데, 『임백호집林白湖集』의 간행 시기는 1617년이었으며, 합철된 「상사동전객기相思洞餞客記」의 창작 시기가 17세기 초로 추정되는 상황을 종합하여 볼 때, 「곡강루기우기」의 창작 및 필사 시기는 17세기 중반 경으로 유추할 수 있다.

작가는 현재로서는 알 수 없는데 소설 속에 임제林悌의 시가 나오지만 임제와는 별다른 관련이 없다. 다만 소설 뒤에 합철된 시문의 내용으로 볼 때, 「곡강루기우기」가 합철된 『잡휘雜彙』의 작자는 홍문관(옥당玉堂) 관리로 '성부誠夫'라는 자字를 지닌 인물이며 '자화子和'라는 자를 지닌 인물과 시문을 자주 주고받았던 인물이다.

작품은 9행 20줄, 17면의 필사본으로 이루어졌고 책의 가장자리가 찢어지고 파손되어 해독 불가능한 글자들이 종종 있지만 전체적으로 필사 상태는 좋은 편이다. 「곡강루기우기」는 『잡휘雜彙』에 수록된 작품 중 제일 앞에 배치되어 있고 이후 몇 편의 시문詩文이 이어져 있다.

「곡강루기우기」의 내용은 다음과 같다.

기사년 봄 3월 30일에 한 서생이 어사를 따라 영남 지방을 순찰하게 되었다. 가는 도중 봄 경치에 빠져서 구경을 하다가 산에서 새로 자란 고사리를 많이 따서 어사와 구워 먹기 위해 양반집을 찾았다. 대나무 숲이 우거진 경치 좋은 곳에 '곡강루'라는 작은 누각이 있었고 그곳에서 시를 짓던 노옹을 발견하여 대화를 나누게 된다. 그는 유우춘柳遇春이라는 사람으로 재주가 있었으나 과거에 급제하지 못하고 임진왜란으로 인해 이곳으로 피난온 뒤 30여 년이 지났다고 하였다.

생은 노옹과 시를 주고받으며 노닐다가 주변을 구경하던 중 숲에서 소복 입은 절대가인을 발견하여 첫눈에 반해 그녀를 쫓아가게 된다. 그녀의 집으로 가서 문을 벌컥 열고 들어가 그녀의 내력을 들었는데, 그녀는 원래 서울 사람으로 조실부모한 뒤 고모의 밑에서 자라다가 고관의 첩이 되었다가 집안이 망하여 이곳으로 오게 되었다. 이곳에서 재가를 하였으나 남편은 정묘호란으로 목숨을 잃고 다시 혼자된 몸으로 숙부에게 의탁하였다는 것이다.

생은 그녀의 고달픈 인생을 불쌍히 여기며 동침을 한 뒤 그녀와 시를 주고받는다. 그러나 이미 어사의 행차가 멀리 떠나 어쩔 수 없이 훗날을 기약하며 헤어지게 된다. 이별의 슬픔에 몹시 슬퍼했지만 여러 달이 지난 뒤 그녀를 잊게 되었는데, 어느 날 밤 꿈에 여자가 나타나 생의 소식을 듣지 못해 죽게 되었음을 이른다. 이에 생은 슬퍼하며 시와 위로의 글을 짓는다.

저자인 나는 생의 일을 기록하여 한때의 이야깃거리로 삼고자 한다.

「곡강루기우기」의 내용은 곡강루를 배경으로 남녀의 만남과 사랑, 이별이라는 애정전기소설의 일반적 형식과 전기소설 특유의 서사와 서정의 결합이라는 전형을 보여주고 있다. 이러한 형식적 공통점을 지니고 있지만 「곡강루기우기」가 여타의 애정전기소설과 다른 점도 찾을 수 있다.

우선 남자 주인공은 영남 지방을 순찰하는 어사를 따르던 서생으로, 봄날 나그네의 춘심은 미지의 여인과의 만남으로 이어진다. 아직 벼슬하지는 않았지만 남자 주인공은 여타의 전기소설 속 주인공처럼 '소외'되거나 결핍된 존재는 아니다. 따라서 서생과 여인의 만남은 전기소설의 일반적 장르 문법처럼 '지기知己'에 대한 욕망이나 결핍감을 충족시키는 절대적 만남이라기보다 춘심이 가득한 남성의 순간적 일탈로 보인다.

이에 비해 여자 주인공 이씨녀(월아月娥)는 조실부모하고 남의 첩으로 들어간 뒤, 집안이 망하여 유락流落하여 영남 지방으로 오게 되고 재혼한 남편마저 정묘호란으로 죽어버린 비련의 인물이다. 게다가 그녀는 남자가 돌아온다는 약속에 지쳐 병이 들어 죽는다.(비록 서생의 꿈속이라 확인할 수는 없지만)

초기 전기소설은 남성 문인 지식인의 꿈과 원망을 전기라는 형식을 빌어 표현하였기에 상호간 매우 절대적인 관계를 보이는 애정소설이나 이계異界에 초대되어 남성의 능력을 발산하는 방식을 보였다. 그런데

17세기로 오면서 전기소설은 편폭의 확대와 내용의 통속성이라는 변이를 보인다. 「곡강루기우기」의 서생은 여인과의 만남과 이별, 그로 인한 슬픔을 삽입 한시를 통해 절절히 그려내긴 했지만 그 슬픔이 그다지 공감되지 않는 것도 남자 주인공의 처지와 태도에서 기인한다. 「곡강루기우기」에서 17세기 이후 통속적 전기소설의 한 모습을 찾아볼 수 있다.

2 국역國譯 「곡강루기우기曲江樓奇遇記」

한 서생이 기사己巳년[1] 봄에 마침 어떤 일로 영남 수령들의 현부賢否를 탐문하느라 여러 고을을 두루 돌아다니고 있었다. 때는 바야흐로 3월 30일이라 바람이 점차 따뜻해지니 온갖 나무는 잎이 무성해졌고, 봄기운이 무르익어 꽃은 흐드러지게 피었다. 산은 울긋불긋 진한 향기를 내뿜었고 물은 졸졸거리며 조용히 흘렀다.

생은 말 위에서 번화한 장안(서울)의 기생집을 떠올리고 나그네의 괴로움을 느끼며 고인의 '삼월하고도 삼십일에 당하니 봄 경치가 괴로이 읊는 나를 작별하려 하네.'라는 구절을 읊조렸다.[2]

두 고을 사이를 바라보니 이름은 잊었지만 어떤 작은 고개에 기이한 나무가 하늘을 가리고 있었고 멀리 떨어진 마을에는 길에 사람의 흔적이 없었다. 생이 그 아름다운 산수가 마음에 들어 고삐를 느슨히 하고 채찍을 드리운 채로 가다 서다하고, 왼쪽으로 갔다가 오른쪽으로 가는

1) 기사년己巳年: 작품 속에서 임진란 이후 30여년이라고 했으므로 1629년의 기사년을 지칭하는 듯하다.

2) 이 시는 가도賈島의 「삼월회일증유평사三月晦日贈劉評事」(『長江集』 卷10) "三月正當三十日, 風光別我苦吟身. 共君今夜不須睡 未到曉鐘猶是春."을 가리킨다.

둥 발길 닿는 대로 마음대로 가노라니 새로 난 고사리 순이 삼대처럼 빽빽이 자라 있었다. 생이 □□□□ 많은 고사리를 캐어 어사에게 가서 산에 □□□□ 고사리가 아주 좋다고 이야기 하자, 어사가 말했다.

"조정을 떠나온 뒤로 푸성귀만 먹고 들판에서 자느라 좋은 음식을 접하지 못했으니, □□ 새로 난 고사리를 구워먹으면 좋겠다."

"고사리를 굽는 일은 본디 양반가에서 잘하는 것이지 시골 마을에서는 잘하지 못합니다."

"네 말이 옳다."

이로 인하여 말을 타고 양반집을 찾다가 얼마 가지 않아 농부를 만나 그에게 물었다.

"이곳에 양반가가 있소?"

농부가 한 곳을 가리키며 말했다.

"저 대나무 숲 속에 벼슬아치들이 많이 삽니다."

생이 먼저 달려가 보니 아름답고 푸른 대나무가 무성하였고 푸른 소나무가 축 늘어져 있었으며 온갖 꽃이 활짝 피어 향기가 진동했다. 술잔 띄운 한 굽이 물길이 좌우를 비추며 흐르고 가운데 작은 연못이 있었고 연못 북쪽에는 '곡강루曲江樓'라는 이름의 누각이 있었다. 그 누각은 크기는 작았지만 매우 화려했다. 생이 누각을 보며 참으로 기이하다 여기며 곧장 문을 두드렸다. 이에 머리가 희끗한 노옹이 고관야복高官野服으로 누각 위에 앉아 바야흐로 꽃을 구경하며 시를 읊다가 생을 보고 깜짝 놀라 물었다.

"객은 어디에서 오시는 길입니까?"

생이 읍을 하고 대답하였다.

"길 가는 나그네가 이곳을 지나다 누각과 경치가 훌륭하다는 소문을 듣게 되었습니다, 그리고 제가 고사리를 꺾었기에 잠시 귀댁 여종의 손을 빌려 요리해 먹으며 쉬어가려고 하는데 어르신의 뜻이 어떠신지 모르겠습니다."

이에 노옹이 생을 한참동안 바라보다가 대답하였다.

"생각건대 젊은이는 실로 길가의 평범한 나그네가 아닌 듯합니다."

"제가 말 타고 혼자 가는 것을 보시고도 행인이 아니라고 하신다면 누구란 말입니까?"

"이곳을 지나는 대부분의 나그네는 와서 노닐기는 하지만 그대처럼 말을 타고 혼자 오는 것은 보지 못했으니 아마도 평범한 사람은 아닐 듯합니다."

이렇게 서로 이야기를 주고받는데 어사의 행차가 뒤이어 도착했다. 노인이 당황하여 허둥지둥 내려와 절을 하고 머리를 조아리며 말했다.

"바닷가 한 모퉁이에서 늙은 몸으로 집에서 남은 목숨을 부지하고 있었는데, 어찌 오늘 나랏일 하시는 행차가 외람되이 이 누추한 곳까지 왕림해 주시리라 생각했겠습니까?"

그리고 어사와 생을 이끌고 누각에 올라갔다. 자리를 정한 뒤에 생이 누각의 경치를 바라보니 남쪽은 □□□했고, 북쪽에는 아름다운 산이 빙 두르고 있었으며, 서쪽에는 지는 달이 걸려 있었고, 동쪽에서는 아침 해가 막 떠오르고 있었으며 제비와 까치가 □□□하는 것이 보였다. 호리병 속같은 세상에서 온갖 꽃이 피고 지는 것을 완상하며 춘삼월이 바야흐로 무르익음을 알고, 푸른 □□□이 땅을 스치는 것을 보고 뭇 새가 하늘 높이 날아오르는 것을 즐기니 신선계가 아니라면 이는 실로 남쪽의 동산[3]이라 할만하다.

노옹이 잠시 뒤에 진수성찬을 내 왔는데 매우 푸짐하였다. 어사는 오랜 길에 피곤하여 별당에서 잠시 잠이 들고 생은 혼자 노옹과 조용히 이야기하며 자세히 물으니 노옹이 말했다.

"성은 유柳요, 이름은 우춘遇春으로 본래 문화文化 유씨의 종파입니다. 저는 어려서부터 재명才名이 있었고 서사書史를 널리 읽었으나 불행히도 여러 번 과거시험에 떨어진 뒤로 인간 세상에서 노닐며 그럭저럭 세월만 보내게 되었지요. 그러던 중 지난 임진란 때 어머니를 모시고 사방으로 피난을 하다가 우연히 이곳에 이른 뒤로 고향에 돌아가지 못했습니다. 지난 30여 년 동안 노모께서 돌아가시고 아내도 세상을 떠난 뒤로 형제나 자식마저 없으니 의지할 데 없는 외로운 몸으로 바닷가를 떠돌며 고향을 바라보면 눈물만 흘렸답니다. 다만 그나마 노복이 제법 많고 땅이 풍족해 늘그막에 숨을 붙이고 목숨을 의지해 살면서 지금까지 밥걱정은 하지 않고 살고 있습니다."

생이 말했다.

"아! 사람이 세상에 태어나 하늘에서 받은 운명은 정해져 있긴 하나 아들딸 많이 낳는 것이 가장 좋은 일이지요. 지금 공께서는 몸은 비록 편안하겠지만 안으로는 받들어 모시며 효도를 할 자식이 없고 밖으로는 삼년상을 치러줄 친지가 없으니 백년 뒤에 불행히 죽게 된다면 타향의 외로운 혼이 되고 말 것입니다."

이 말을 들은 노옹이 눈물을 흘리며 말했다.

"지금 그대가 내 마음을 그대로 말씀하시니 참으로 답답하고 슬픈

---

3) 동산東山: 진晉나라 사안謝安이 회계會稽 땅 동산東山에 은거했음.

마음을 이길 수 없구려."

그리고는 그에게 고마워하며 물었다.

"글은 배웠소?"

"이렇게 참으로 고달픈 사람이 어느 겨를에 책을 읽었겠습니까?"

노옹이 말했다.

"옛 사람이 이르기를 '그 사람의 모습과 말투는 덕을 그대로 나타내는 것'이라고 하였는데, 지금 그대의 풍모가 아름다우니 어찌 글을 배우지 않았겠소?"

생이 말했다.

"사람이 배우고 배우지 않은 것은 겉모습이나 말투로 할 수 있는 것이 아닙니다."

노옹이 미소를 지으며 말했다.

"사양지심辭讓之心은 예의 단서지요."[4]

그리고 시 짓기를 간절히 청하자 생이 더 이상 사양하지 못하고 붓을 들어 금세 시를 지었다. 그 시에 이르기를,

한 줄기 시냇물 언덕을 감싸 흐르고
높고 낮은 수많은 산 작은 누각을 병풍처럼 둘렀네
지난밤 비 맞은 꽃 붉은 꽃잎 후두둑 떨어뜨리고
버드나무에 가벼운 안개가 스치니 푸른 빛 아른거리네
텅 빈 행랑에 진흙이 떨어지니 보랏빛 제비 날아가고
풀 우거진 그윽한 오솔길에 누런 소를 풀어놓네

---

4) 『孟子』「公孫丑」"惻隱之心, 仁之端也. 羞惡之心, 義之端也. 辭讓之心, 禮之端也. 是非之心, 智之端也."

돈 없어도 한잔 술을 빌릴 수 있으니
새로 지은 시 한 수에 객의 슬픔 그려내네.

노인이 시를 다 읽고 생의 손을 잡으며 말했다.

"그대의 재주가 이와 같으니 남의 밑에 오래 있을 사람은 아니오."

그리고 생의 이름과 사는 곳을 묻자 사실대로 고하였다.

얼마 뒤에 점심을 먹고 노인이 생을 데리고 주변 경치를 두루 구경시켜 주었다. 생이 두루 돌아다니며 취한 눈을 비스듬히 들어 올리자 한 아름다운 여인이 풀숲으로 가는 것이 보였는데, 머리를 내밀고 바라보는 모습이 마치 그를 부르는 것 같았다. 생이 그 모습이 이상해서 곁눈질해 보니 하얀 얼굴과 치아에 자태는 아름다웠고, 흰옷에 엷은 화장, 하늘하늘한 허리는 진정 세상의 절대가인이었다.

생이 그녀를 멀리서 바라보며 심취해서 계속해서 눈길을 주니 여자가 부끄러워 몸을 숨기고 나타나지 않았다. 생은 경치를 구경한다는 핑계로 꽃길을 따라 그녀가 간 곳에 이르니 대나무 숲이 들쭉날쭉한 가운데 주위에 아무도 없이 몇 칸짜리 초가집 한 채만이 우두커니 있었다.

여자는 생이 오는 것을 보더니 갑자기 창을 닫고 쓸쓸히 몇 번이나 긴 한숨을 쉬었다. 생은 그녀가 분명 남편을 잃은 여자일텐데 왜 혼자 살고 있는지 알 수 없었다. 생이 행랑 아래에 우두커니 서서 한참을 엿보았지만 아무런 인적이 없어서 벌컥 창을 열고 들어가 말했다.

"주인의 탄식 소리가 참으로 슬프니 무슨 고민이 있으십니까?"

여자가 머리를 숙이고 낮은 소리로 말했다.

"귀인께서 이처럼 누추한 곳에 오시니 참으로 영광스럽습니다. 허나 제가 무슨 고민이 있겠습니까?"

"지나가는 객이 어쩌다 온 것이 무슨 영광이랄 게 있겠소."

그리고는 따뜻한 말과 은근한 말로 어째서 힘들게 혼자 사는지 묻자 여자가 갑자기 눈물을 흘리며 말했다.

"첩은 본래 서울 사람인데 일찍이 부모를 잃고 왕고모(조고祖姑) 밑에서 자랐습니다. 처음에 높은 관직을 지닌 이의 측실이 되어 가마만 타고 다닐 뿐 문 앞의 길도 걸어 다니지 않는 호사를 누렸지요.

그러던 중 집안이 망한 뒤에 허둥지둥 도망갔으나 어디로 가야할 바를 몰라 통곡하던 중에 들에서 마침 □□한 조카를 만나 이곳에 이른 지 6년이 되었습니다. 첩은 몹시도 박명하여 온갖 화와 근심이 몰려들고 하늘이 명을 부지해 주시지 않아 일마다 불행하였습니다. 남편은 과거에 급제하여 명을 받들고 서쪽 변방을 지키다가 정묘호란 때 전장에서 죽었으니 통곡한들 무엇하며 망극하다 한들 어찌하겠습니까? 이러한 전쟁 상황에서 분명히 이와 같이 힘들 일이 생길 것임을 이미 알고 있었으니 비록 만 번 죽더라도 어찌 이곳에 떨어져 살고 싶었겠습니까? 하지만 먼 앞날을 생각할 겨를이 없이 다만 당장 살아가는 것만 편안히 여겨 급히 먼 곳의 사람에게 시집을 왔으니 저는 진실로 이런 고통을 달게 받을 것이며 감히 후회하지는 않습니다. 다만 저는 떠돌아 다니며 의지할 사람이 없으니 죽을 때까지 과부로 살기 힘들 것이라는 것도 알고 있습니다. 하지만 작은 아버지께서 저를 마치 자신의 딸처럼 대해 주셔서 몸을 지키고 근신하며 겨우 겨우 날을 보내고 있답니다."

그리고는 슬피 흐느끼며 목이 메여 거의 진정하지 못하다가 사과하며 말했다.

"뜻하지 않게 오늘 귀인을 만났으니 이는 전혀 꿈도 꾸지 못한 일입니다. 그러니 제가 어찌 사실대로 아뢰지 않아 다른 날의 만남을 그르치겠습니까?"

생이 그 말을 듣고 측은한 마음이 마음속에서 일어나 그 역시 눈물을 흘리고 위로하며 말했다.

"복숭아와 오얏은 비록 마르더라도 봄이 되면 꽃을 피우고 더러워져 고운 색을 잃은 옥은 장인을 만나면 다시 빛을 낸다오. 지금 낭자는 나라에 둘도 없는 고운 자태를 지니셨으니 한번 번화한 곳으로 나가신다면 누군들 감히 돌아보지 않겠습니까?"

그리고 이어 그녀의 이름을 물으니 대답하기를,

"성姓은 이李고, 자字는 월아月娥이며 올해 나이 스물두 살입니다."

"스무 살이라는 젊은 나이에 이와 같이 고생이 심하다니 참으로 불쌍하구려."

다시 다른 말로 슬쩍 여자의 마음을 떠보니 여자는 옷깃을 여미고 정색을 하며 말했다.

"귀인께서 이미 외람되이 오셨는데 다시 저를 기롱하시니 저에게는 만만의 영광이지만 낭군께는 크나큰 풍모를 잃으시는 일이 아니겠습니까?"

"바람에 날리는 쑥이나 부평초 같은 객이 사방을 분주히 다니느라 한 번도 좋은 만남을 가지지 못해 마음으로 항상 부끄러웠소. 하물며 오늘 다행히도 그대와 함께 이야기를 나누게 되었으니 하늘이 인연을 만들어준 것으로 부평초가 물을 만난 것과 같은 일이니 이는 진정 타향에서의 □□라 할 만하오. 어찌 영광이거나 풍모를 잃는 이치가 있겠소?"

여자가 답할 말이 없어 끝내 □하지 못하는 모습을 보이니, 생이 춘정이 발하는 것을 견디지 못해 여자의 손을 잡고 허리를 껴안고 고당高唐[5]의 즐거움을 노래하자 여자가 품속에서 시 한 수를 꺼내 보였다. 생이 시를 가져다 보니 그 시는 다음과 같았다.

전쟁이 일어나자 절로 인연이 끝나
이로부터 남편은 이미 신선이 되었네
다행히 고향 사람 만나 슬픈 사연 호소하니
떠돌이로 먼 지방에 있는 것 불쌍히 여기네

생이 시를 다 읽고 물었다.

"이것은 누가 지은 것이오?"

"천첩이 글을 조금 알기에 남편을 잃은 슬픔을 금할 길이 없어 부끄럽지만 한번 지어 본 것입니다."

"시의 뜻이 억양이 있고 그리워하는 마음이 진하니 글에 능한 자가 아니라면 어찌 이렇게 지을 수가 있겠소?"

그리고 다른 시도 보여 달라고 하자 대답하였다.

"이 곳은 제가 사는 곳이 아니기에 비록 집에 지은 시가 있지만 잠깐

---

5) 고당부高唐賦: 중국 초나라 송옥이 지은 부. 옛날 양왕의 부친인 회왕懷王이 고당에서 놀 때, 낮잠을 자는 꿈 속에 나타난 무산巫山의 신녀神女와 동침한 일.

왔다가 뵌 것이기에 아쉽게도 가져오지 못했습니다."

인하여 시 여러 수를 암송하였는데 여기서 일일이 기록할 수는 없다. 생이 그 시에 바로 차운하려고 했지만 딴 생각에 사로잡혀 시상이 떠오르지 않았다. 한참동안 생각하다가 다시 그녀의 시를 읊어보니 끝에 '떠돌이로 먼 지방에 있는 것 불쌍히 여기네 '라는 구절이 생을 향하는 마음인 듯하여 그에 차운하여 시를 지었다.

우연히 봄 고사리로 인해 새로운 인연을 만들었으니
반가운 푸른 눈[6]으로 아름다운 선녀를 만났네.
오늘의 풍류는 나랏일이 급하니
다시 어느 곳에서 볼 수 있을런지

시 읊기를 마치자 여자는 생이 오래 머무를 수 없음을 알고 가만히 있다가 슬퍼하며 말했다.

"천첩이 낭군님을 갑자기 만난 것은 바로 눈 속에서 요행히 나비를 만난 것과 같습니다. 오늘 만남이 마음에 다 차지도 않았는데 또 급히 가신다니 오늘 이후로 끝없는 그리움은 어느 누구에게 이야기하며 어느 누구와 근심을 나누어야 할까요?"

"남자는 평생동안 정처없이 사방을 두루 돌아다니는 법이니 다시 만날 수 없다한들 어찌 이렇게 근심스러워한단 말이오?"

그리고 다정하게 서로의 평생의 일과 잠깐 동안의 기이한 만남에

---

6) 푸른 눈靑眼: 반가운 눈길. 진晉나라 완적阮籍이 미운 사람을 보면 백안白眼으로 보고 반가운 사람을 보면 청안靑眼으로 보았다는 데서 유래.

대해 이야기 하다 보니 달이 서쪽으로 기울어 장차 저물어 가는 것도 알지 못했다. 그때 갑자기 어사께서 가신 지 한참 되었다는 소리가 들렸다. 생이 급히 일어나 문을 나서니 지는 해가 고개에 걸렸고 울던 까마귀는 집으로 돌아가고 있었다. 두 사람이 손을 잡고 대나무 삐쭉삐쭉한 곳까지 나와 이별의 정을 참지 못하고 마주보며 울고 있었는데, 그 모습을 유옹에게 들키게 되었다.

유옹이 말했다.

"젊은이가 오늘 본 경치를 아쉬워하는가 보구려. 먼 훗날 잊지 말고 생각해 주구려."

원래 유옹은 먼 곳을 잘 보지 못하는 터라 이곳에 생 외에 여자가 있는 줄 모르고 이렇게 말한 것이다.

이에 생이 대답했다.

"어르신께서 깊이 배려해 주신 것을 꼭 기억하고 잊지 않겠습니다."

"날은 저물고 갈 길이 머니 얼른 가시게나."

"나랏일이 급하니 이만 가 보겠습니다."

마침내 서로 헤어지고 또 여자에게 이별 인사를 했다.

"나랏일이 급해 잠시도 지체할 수 없는 데다가 어사의 행차께서 이미 멀리 가셨다 하니 내 떠나지 않을 수 없소. 이제 헤어지면 다만 꿈에서나 만날런가?"

여자는 흐느끼며 대답하지 못하고 다만 옷을 잡아당기며 눈물만 흘릴 뿐이었다.

생이 다시 말했다.

"새로운 정 다하지 않았으니 마땅히 다른 날 만날 것이니 이렇게 그리워하지 않아도 될 것이오. 수척하게 얼굴 상하지 말고 마음을 진정하여 만날 날을 기다리게나."

"진정하고 마음을 편안히 하는 것이 제 소원입니다만 조용하고 비 내리는 밤에 그리워하는 마음이 저도 몰래 일어난다면 어찌 막을 수 있겠습니까? 허나 이런 것들은 모두 쓸데없는 말이니 낭군께서는 부디 몸 조심히 가십시오."

마침내 슬픔에 눈이 어질어질해지며 이별하였다. 생은 얼마 가지 않아 그녀와의 일을 생각하니 마치 봄날의 꿈에서 깨어난 듯 어여쁜 얼굴이 눈앞에 있는 듯하여 넋이 날아가 마음을 진정할 수 없어 말에서 몇 번이고 떨어질 뻔하니 역졸이 이상하게 여겼다.

겨우 정신을 차리고 아무개 고을에 이르러 음식을 전폐하고 밤새도록 잠이 들지 못하니 다 타버린 재처럼 되었다.

말을 몰고 다니느라 여러 날이 가고 달이 가자 남자의 마음에 새로운 이를 보면 예전 사람을 잊는 법이라 그녀를 그리워하는 마음이 조금씩 줄어들고 어느덧 잊을 수 있게 되었다.

모년 모월 모일 밤 삼경三更에 꿈속에서 그녀가 화려한 옷을 입고 어디선가 나타나 생에게 말했다.

"낭군의 말에 감동하여 몸을 조신하게 지키며 누런 황하가 맑아질 때를 기다렸건만 봄이 가고 가을이 와도 소식은 전혀 끊어지고 산은 길고 물은 멀어 엉어와 기러기가 전하는 편지[7]가 오지 않았습니다.

---

7) 잉어와 기러기가 전하는 편지: 한漢나라의 소무蘇武가 흉노匈奴의 땅에서 비단에 쓴 편지를 기러기의 발에 매어 무제武帝에게 보냈다는 고사故事와, 옛날 사람이 먼 곳에 두 마리의 잉어를 보냈는데 그 뱃속에서 흰 비단에 쓴 편지가 나왔다는 고사故事에 따라 편지를 의미함.

그때부터 근심스런 마음에 병이 들어와 날이 갈수록 수척해져 마침내 죽게 되었으니 참으로 잠깐 동안의 정이 가련하게 되었습니다."

이렇게 말하며 생의 소매를 잡고 통곡했다. 생 또한 그날의 기이한 만남과 이별의 슬픔을 이기지 못해 마주보고 통곡하자 울음소리가 방 안 가득 울리니 사람들이 놀라 그를 깨웠다. 생이 일어나 보니 땀이 겹옷 밖으로 새어 나왔으며 두려움과 공포가 온몸을 감쌌다.

아! 세상의 일은 비록 크고 작은 차이는 있지만 모두 하늘의 운수에 응한 것이니 이 여인은 반나절 동안 잠깐 만난 사람이건만 마음이 서로 합하게 되어 오늘의 꿈이 있게 된 것이니 참으로 괴이한 일이다. 그러나 꿈속의 일에 감동하고 이별의 마음을 안타까워하며 율시 한 수를 지었다.

석양빛 어둑어둑한 곳에 봉래섬 아득하고
봄날의 꽃과 버들은 무리와 떨어져 슬퍼하네
낙동강 포구에는 애끓는 강물이요
위수 북쪽 성 머리에 꿈결같은 구름이라
십년 동안 돌아가지 못하니 당나라 두목杜牧8)과 같고
이 한 몸 가지 못하니 문군文君9)의 신세로다

8) 두목杜牧: 자字는 목지牧之, 호는 번천樊川. 당나라 경조부京兆府 만년현萬年縣 출신. 26세에 진사에 급제하여 중서사인中書舍人까지 올랐다. 뛰어난 문재文才와 빼어난 용모로 풍류 일화를 많이 남겼다. 이 시에서 10년 동안 가지 못했다는 내용은 두목이 호주湖州에서 열 살의 여아를 보고 반한 뒤 10년 뒤에 데려간다는 약속을 했는데 14년 만에 돌아갔더니 이미 세 아이의 어미가 되었다는 일화를 가리키는 듯하다.

9) 문군文君: 전한 촉군蜀郡 임공臨邛 사람. 탁왕손의 딸로 거문고에 능통하였다. 사마상여가 거문고를 연주해 과부가 된 탁문군을 유혹하

신선의 누각에서 이별한 뒤로 소식이 없으니
천리에 그리운 마음 한 조각 달빛만 비추네.[10]

생이 꿈속의 일을 곰곰이 생각해보니 이승의 말 같지 않아 그녀가 죽었는가 의심하여 또 세 수의 절구를 지었다.

밝은 눈동자에 흰 치아는 세상에 짝할 이 없지만
천하 국색은 원래부터 박명했다네
얼마나 많은 산에서 옛 자취를 찾을까
하늘 끝 머리 돌리니 슬픔을 이길 수 없도다

그날의 깊은 맹세 오늘 따를 수 없으니
다만 꿈속에서나마 기약을 어기지 않는구나
죽었는지 살았는지 소식을 물을 수 없으니
슬픈 마음에 붓을 들고 이별의 시를 쓰노라

깊은 맹세로 맺은 약속 두 사람이 아는데
다만 정이 남아 꿈속에서 의심하네
다른 해 다시 만나게 된다면
끝없는 이별의 그리움 이 시 안에 있으리

여 함께 달아나 주점을 하며 지냈다.

10) 이 시는 임제의 시에서 몇 글자를 바꾸어 차용한 것이다. 『林白湖集』 권3, 「別意」 "蓬島微茫向夕曛, 鴛鴦腸斷鴈離群. 黃山浦口銷魂水, 青海城頭入夢雲. 十載自持往杜牧, 一心休使怨文君. 仙樓別後無消息, 千里相思片月分."

세 구 외에 다시 먼 곳에서 위로하는 글을 지어 평소 그리워하는 마음을 나타내었다.

"월아 당신은 꽃 같은 마음과 고운 자태로 춤추는 학과 같고 장대[11]의 버드나무 같았으며, 달처럼 아름답고 고요한 자태는 하늘하늘 거려 그윽한 계곡의 난초보다 아름다웠소. 삼종지도[12]를 배우지 못해 그릇되이 두 가문에 들어가 세상의 온갖 고초를 만나 남쪽 지방에서 부평초처럼 떠돌았지. 꽃을 찾던 벌 나비 같은 객이요, 임금의 명을 받들어 자취를 감추던 사람이 돌아보고 버리지 않겠다는 말로써 정을 통하고 다시 만날 약속을 한 뒤 잊지 않겠다는 시를 주었는데, 어찌 생각했으리, 한 번의 꿈으로 혼이 달아나고 반나절의 기이한 만남이 백년의 원한이 될 줄을. 시간이 흐르고 일이 지나가버려 가련토다. 봄날같던 비단휘장이 헛된 일이 되었고 즐거움이 다하고 슬픔이 생겨났네. 옥 같은 그대 밤에 들어오길 상상하노니, 인간 세상의 즐거운 일 실컷 들었건만 어찌 조물주가 이다지도 시기할 줄을 알았으리오? 이내 인생 생각해 보니 그날의 깊은 맹세 지키기 어려울 듯 하니, 서로 멀리 떨어져 있음에 산천이 길게 가로막힌 것을 부질없이 슬퍼하노라.

아! 아름다운 이는 얻기 어려우니 그대의 음성 어찌 잊으리. 옥같은 얼굴 꽃같은 모습 완연히 눈앞에 있는데 하늘은 높고 땅은 두터우니 이내 한도 아득하여라. 타향의 배우자는 누구를 의지해 살아갈까? 바다는 넓고 멀며 천지는 가파르니 다른 해 다시 만나는 일 아득하여 기약하

---

11) 장대章臺: 한漢나라 장안長安에 있던 궁전 이름. 궁전 아래에는 기생집이 많았고 버드나무가 많이 심겨져 있었다.

12) 삼종지도三從之道: 부인의 일생을 3기로 나누어, 어렸을 때는 어버이를 따르고[從父], 출가해서는 남편을 따르고[從夫], 남편이 죽으면 자식을 따랐던[從子] 여성의 법도.

기 어렵도다. 강 물결은 슬픈 소리 더하고 산 위의 구름 슬픔만 일으키네. 눈으로 멀리 바라보며 글로 마음을 적어 보노라. 바람을 맞으며 멀리서 위로하노니 꽃다운 혼령께서 이르시길 바라노라."

생이 그 기이한 만남과 꿈속에서 슬피 헤어졌던 일을 기록하여 한편의 이야기로 만들었다.[13] 나는 비록 배우지 않았지만 또한 이 일에 느끼는 바가 있고 사양하지 못해 마침내 이야기의 전말을 상세히 기록해 한때의 웃음거리로 하고자 하였다. 보시는 분들께서는 평범한 글이라 여기지 않으시면 보탬이 되는 바가 있을 것이다.

13) 글자 파손되어 해독 불가. 내용상 생이 글을 지어 나에게 완성해 주기를 부탁했다는 내용이 있어야 한다.

3 원문原文 「곡강루기우기曲江樓奇遇記」

有一生者, 己巳春, 適以事採問嶺南一道守令賢否之際, 遍閱諸州, 而自某郡, 抵某縣之日, 乃三月三十日也. 風日漸暖而萬樹初陰, 春光方蘭, 而百花欲落, 山姸姸而濃香, 水潺潺而穩流. 生於馬上, 憶長安之花柳, 知旅客之偏苦, 乃吟古人詩曰, '三月正當三十日, 風光別我苦吟身'之句, 望見兩郡之間, 有一□□(小嶺)[14], 忘其名, 的奇木異樹, 蔽遮天日, 而村家敻絶, 路無從人. 生樂其山明水麗, 緩轡垂鞭, 或行或止, 或左或右, 任其所之, 則便見蕨芽始抽, 森然如麻.

生□□□□, 採蕨則收拾極多. 因尋史之憩處, 言其山□□□□蕨之美. 史曰,

"自辭朝之後, 草食野宿, 甘味未嘗□□新蕨, 有此採來則煮食甚妙也."

生曰,

14) 원 글자는 마모되었지만 '忘其名' 위에 '小嶺' 두 글자가 첨가되었다.

“煮蕨素是兩□之善辦, 而非村家之所能爲也.”

史曰,

“汝言是矣.”

因□上馬, 往尋兩班家, 行不半里, 適遇農夫, 問曰,

“此間有兩班家乎?”

農夫指之曰,

“彼竹林多有品官也.”

生先爲馳往其處, 則綠竹猗猗, 青松落落, 有花盛開, 香氣襲人, 而[15]流觴曲水, 映帶左右, 中有小池, 池北有樓, 題曰, ‘曲江樓’, 小而極麗. 生自以爲平生之奇遇, 直叩其門, 則有白首老翁高冠野服, 方坐樓上玩花而吟賞, 見生之造其門, 驚問曰,

“客從何而來此耶?”

生揖而對曰, “途中行客, 路由此地, 側聞樓池之好, 景佳之貴, 而又因薇蕨之採, 故暫借尊婢之手, 煮食一遊, 未知貴意之如何耳.”

於是, 老翁視生良久, 答揖曰,

“量是少年, 實非行路之人也.”

生曰,

“視我匹馬單行, 非行人而誰也?”

翁曰,

---

15) 원문에는 ‘香氣襲而人’으로 되었지만 문맥상 ‘香氣襲人而’의 오류인 듯하다.

"凡爲行客過此者, 無不來遊而不見如君之匹馬單行, 無奈非常人乎."

相與答話之際, 史行尾到, 老人遑忙下拜, 叩頭而言曰,

"僻在海隅, 恃老臥家, 寄命末世以終餘年, 何圖今日王事之行, 辱臨於陋巷?"

因爲引史及生, 登樓坐定之後, 生觀樓亭之景南□□□, 北屛玉山, 西掛落月, 東生初日, 而瞻燕雀之□□□, 壺裏之乾坤, 翫百花之開落, 知三春之方□, 見綠□之拂地, 戱百鳥之戾天, 如非仙間之別區, 實是南中之東山也. 小頃進羞珍之物, 極其豊備也. 史悃長路之行, 假寐於別軒, 生獨與老翁, 從容說話, 細細引問, 則翁曰,

"姓柳名遇春, 本以文化大柳之宗派. 少有才名, 博覽書史, 不幸屢擧不中, 遨遊人間, 遷延歲月, 往在壬辰之亂, 奉慈母避患于四境, 偶到此地, 因爲流落不能歸鄕, 邇來三十餘年之間, 老母辭堂, 生妻去室, 終鮮兄弟, 旣無兒息, 流離海邦, 隻身無依, 而瞻望故國鄕, 淚自零, 然奴婢盛多, 田庄殷饒, 而晩有孼息依命, 到今不怕飢饉矣."

生曰,

"嗚呼! 人生於世間, 品受天定, 而但多男子女最爲貴得. 今公身雖安逸, 內無奉侍之孝, 外無緦功之親, 百歲之後, 不幸捐館, 其爲作他鄕之孤魂."

翁泣曰,

"今君正言吾肝肺之事, 不勝鬱陶之情."

仍以致謝而問曰,

"學書否?"

生答曰,

"如此[16]良苦之人, 奚暇讀書乎?"

翁曰,

"古人云, 容貌辭氣, 乃德之符, 今君風度華麗, 而豈不爲學書哉?"

生曰,

"人之學與不學, 非容貌辭氣之所可爲也."

老人哂笑曰,

"辭讓之心, 禮之端也."

請詩甚懇, 生辭不獲已, 走筆曲□□□以示之. 其詩曰,

一帶溪流曲抱丘, 亂山屛擁小樓頭.
花含宿雨紅爭墜, 柳拂輕煙翠欲浮.
泥落空廊飛紫燕, 草埋幽逕放黃牛.
無錢可貰杯中物, 只把新詩寫客愁.

老人吟訖, 執生手曰,

"君才如此, 非久屈於爲人之下者也."

---

16) 원문에는 '此如'로 되었으나 문맥상 '如此'의 오류인 듯하다.

問生姓名居趾, 生亦以實對, 旣而進午餉, 罷訖, 老人携生遍示一區之景處, 生徘徊顧眄之間, 半擡醉眼, 則有一佳人躱避叢篁之中, 露頭注目, 狀如引招之者, 生怪其所爲, 斜視之, 則皓顔牙齒, 態度婷婷, 淡裝素服, 腰圍娲娲, 眞世間一國色也. 生望見心醉, 頻頻矚目, 則女羞其多情, 隱而不現. 生憑以玩景, 由花徑而到其所, 則竹林參差中, 草屋數間, 嵬然獨存, 傍無人居. 女見生之至, 忽閉窓而悄然長嘯數聲. 生謂此女必喪夫之人, 然猶未知獨處之故, 佇立廊下, 窺伺移時, 闃無人跡, 生唐突排窓而入曰[17],

"主人之悲歎, 殊極悽愴, 無迺有所思邪?"

女俯首低聲曰,

"貴人到此溷室, 光彩萬倍, 豈有所思乎?"

生曰,

"過客幸臨, 有何光彩矣?"

因以溫言微辭, 問其獨在苦楚之故. 女忽垂淚□敍曰,

"妾本京城人, 早喪父母, 養育於祖姑. 初入官臺(高)者之側室, 足踐馬轎之上, 不踏門前之路. 一自□□家破之後, 蒼黃逃躱, 不知所之, 號哭中, 野適値□□之姪於無所避處之 因緣, 到此六年之間. 妾多薄命, 禍患荐臻, 天不盛命, 事事不幸, 良人以新及第之放恩, 防于西塞, 又以丁卯之變, 戰死沙場, 痛哭奈何罔極奈何. 當此之時, 早知如此之怨, 雖萬段身死, 豈肯爲流落於此地哉. 計不遠慮,

17) 원문은 '曰入'으로 되었으나 문맥상 '入曰'로 수정한다.

唯知偸生之安, 遽嫁遐方之人[18], 妾固所甘心, 今不敢悔矣. 而但妾自知流落無依之人, 難保寡居終身之計, 叔舅待妾, 有同親女故守身謹愼, 唯唯度日矣."

因嗚咽呑聲, 殆不堪情而謝曰,

"不意今者貴人之遇, 在於千萬夢寐之外, 妾豈不以實對, 欺誤他日之逢哉."

生聞其言, 則惻隱之心, 發於中情, 亦墮淚而撫慰曰,

"桃李雖枯, 逢春而發花, 染玉無色, 遇匠再而耀. 今娘子以國色無雙之姿, 一出繁華之地, 孰不敢不顧哉."

仍問姓氏季皃, 答曰,

"姓李字月娥, 時年二十有二矣."

生曰,

"二十靑春之年, 如是煩勞之甚, 可惜可憐也."

且以他事微挑其意, 則女斂衽作色而言曰,

"貴人旣已辱臨, 繼以譏弄, 於妾有萬萬之光, 而郎失大大之風也."?

生曰,

"飄蓬逐萍之客, 奔走四方, 未嘗有一佳會, 心常自愧于衷, 況今日幸與同話, 天爲之緣而如正萍水相逢, 盡是他鄉□□也. 何爲有

---

18) 원문은 '遽嫁遐之方人'으로 되었으나 문맥상 '遽嫁遐方之人'으로 수정한다.

光失風之理乎."

女無言可答, 而終有不□之態. 生不堪春情之發, 執手抱腰, 遂賦高唐之歡, 則女出自懷中, 示一詩草, 生取而視之, 則其詩曰,

干戈一自罷因緣, 從此良人已學仙,
幸遇同鄕訴怨意, 其憐流落在天邊.

生吟訖問曰,

"此誰作也?"

女曰,

"賤妾粗知學書, 故難禁終天之痛, 含愧做作爾."

生曰,

"詩意抑揚思情甚多, 非能文者何能作此乎?"

又求他作, 則答曰,

"此處非妾之所居, 雖有作者, 潛來相見, 恨不暇取來矣."

仍誦數首而不可記其一一. 生卽欲次韻, 而私情所牽, 詩意茫然, 尋思良久, 更吟其詩, 則結末云'其憐流落在天邊'之言, 似是向生之情. 生則次吟曰,

偶因春蕨作新緣, 青眼相逢一美仙,
今日風流王事急, 不知更見在何邊.

吟罷, 女知其不可留住, 乃含默悽然曰,

“賤妾之電遇郎君, 正如雪上之幸見蝴蝶, 今而事未恰, 又迫行, 期日後無窮之思, 傳何人而分憂乎?”

生曰,

“男子百年周遊四境無處, 不可再見, 何愁其煩惱之如是哉?”

因以情熟互相討說生平之事迹, 半餉之奇遇, 不覺西月之將暮, 忽聞人言史往久矣. 生急起出門, 則斜陽掛下嶺, 啼鴉歸巢, 相與攜手, 偶出竹梢之間, 不忍相別之情, 對泣之際, 爲柳翁所覺, 翁曰,

“少年可惜今日之景, 不忘日後之思也.”

元來柳翁, 遠目不明, 知有我身在此, 不知有女在, 故發玆言也. 生答曰,

“深荷尊公之厚念, 銘而不忘矣.”

翁曰,

“日暮途遠, 好去好去.”

生曰,

“王程有急, 好在好在.”

遂相揖別而又與女訣曰,

“王事且急, 毋遲一刻, 而況史行已遠, 吾不得不去. 此別之後, 徒增魂夢之勞耳.”

女哽咽不能對, 但牽衣墮淚而已. 生亦曰,

“新情未盡, 當見於他日, 毋得向思之如是. 毋傷顔色之憔枯, 而

鎭情定心好在待時也."

女曰,

"鎭貞情定心, 賤妾之素願, 而春思暗發於閒靜雨夜之中, 則豈能抑制於其間哉?"

又曰,

"此中之事, 都是的一箇虛言, 而但祝郎君之好往也."

遂與目眩而別, 行不半里, 尋思其事, 則似若春夢之初醒, 婉婉面目, 影在眼前, 心魂飄散, 不能定情, 幾欲墜馬者數次, 而不掩驛卒之見怪也. 僅得精神, 前到某鄕, 專廢食飮, 達夜不寐, 幾成死灰矣. 駈馳之餘, 日往而月來, 男子之情, 見新而忘舊, 減却向思之情, 而頗多相忘之心也. 某年某月某日, 夜夢三更之後, 女盛餙華服, 不知何自而來, 謂生曰,

"感郎君之言, 操持一身以待黃河之淸, 而春往秋來, 音信斷絶, 山長水遠, 鱗鴻不至. 自是之後, 病入愁腸, 銷瘦日鑠, 遽到非命之域, 須憐半餉之情."

因把生袖而痛哭, 生亦不勝當日之奇遇, 相別之慘酷, 對哭之際[19], 聲動一室, 爲人所覺, 汗透重被, 憂怖滿體, 嗚呼世間之事, 雖有巨細之微, 皆應天數, 此女以半日相逢之人, 情意相孚, 乃有今日之夢, 可怪可駭也. 然感夢中之事, 惜恨別之情, 作爲一律, 其詩,

19) 원문에는 '對哭際之'로 되었으나 문맥상 '對哭之際'로 고친다.

蓬島茫茫向夕曛, 三春花柳惜離群,
洛東浦口消魂水, 渭北城頭入夢雲,
十載未歸如杜牧, 一身欠往似文君,
仙樓別後無消息, 千里相思片月分.

生慮其夢夜之事, 則非陽人之言語, 頗疑其死, 又作三絶句有曰,

明眸皓齒世無比, 國色元來薄命姿,
何多青山尋舊跡, 回頭天末不勝悲.

當日深盟今莫追, 唯餘送夢不違期,
死生消息終無問, 把筆含悲寫別詩.

深盟結約兩心知, 惟有情餘夢裡疑,
他年若得重相見, 無限離思在此詞.

三句之外, 又題遙慰文以表平日相望之情.

惟娥花情艶麗舞鶴章臺之柳, 月態輕盈色奪幽谷之蘭, 昧學三貞之義, 誤入兩氏之門, 遭身世之多艱, 逐蓬萍於南荒某也. 尋花蜂蝶之客, 潛跡王事之人, 荷相顧之不棄言, 旣採而情通付之以重逢之約, 贈之以不忘之詩, 豈意一夢分明三魂屢散, 半日奇遇百年含怨.

時移事往, 憐錦帳之春空, 樂極哀生, 想玉顔之入夜. 飽聞人間之好事, 那知造物之多猜? 自念此生, 難保當日之深盟, 相去敻絶空悵山川之修阻. 歌曰, "嗚呼佳人難得, 德音奚忘. 玉貌花容, 宛在目傍, 天高地厚, 此限茫茫. 他鄕夫偶, 誰賴依生, 湖海闊遠, 乾坤崢嶸, 他年再遇, 浩蕩難期. 江潮助聲, 山雲成悲, 瞻望者眼, 陳情者文. 臨風遙慰, 庶格芳魂."

生草記其奇遇參別夢中之事, 作爲篇書, □□記之. 余雖不學, 亦有感於此事, 辭不獲已, 遂詳敍其顚末, 以取一時之笑資, 觀者勿以凡文, 其可有補焉爾.

제2부

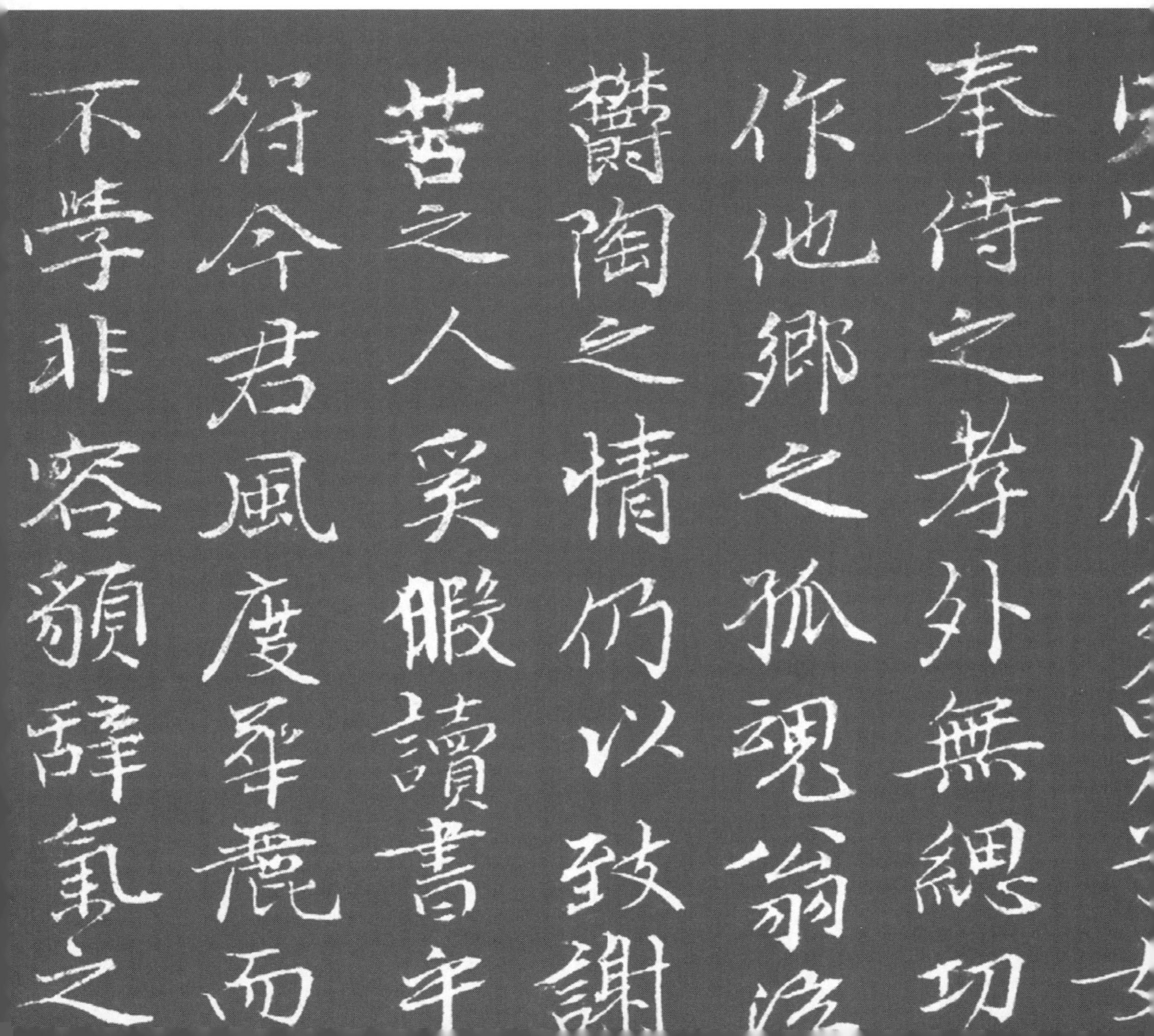

「상사동전객기相思洞餞客記」

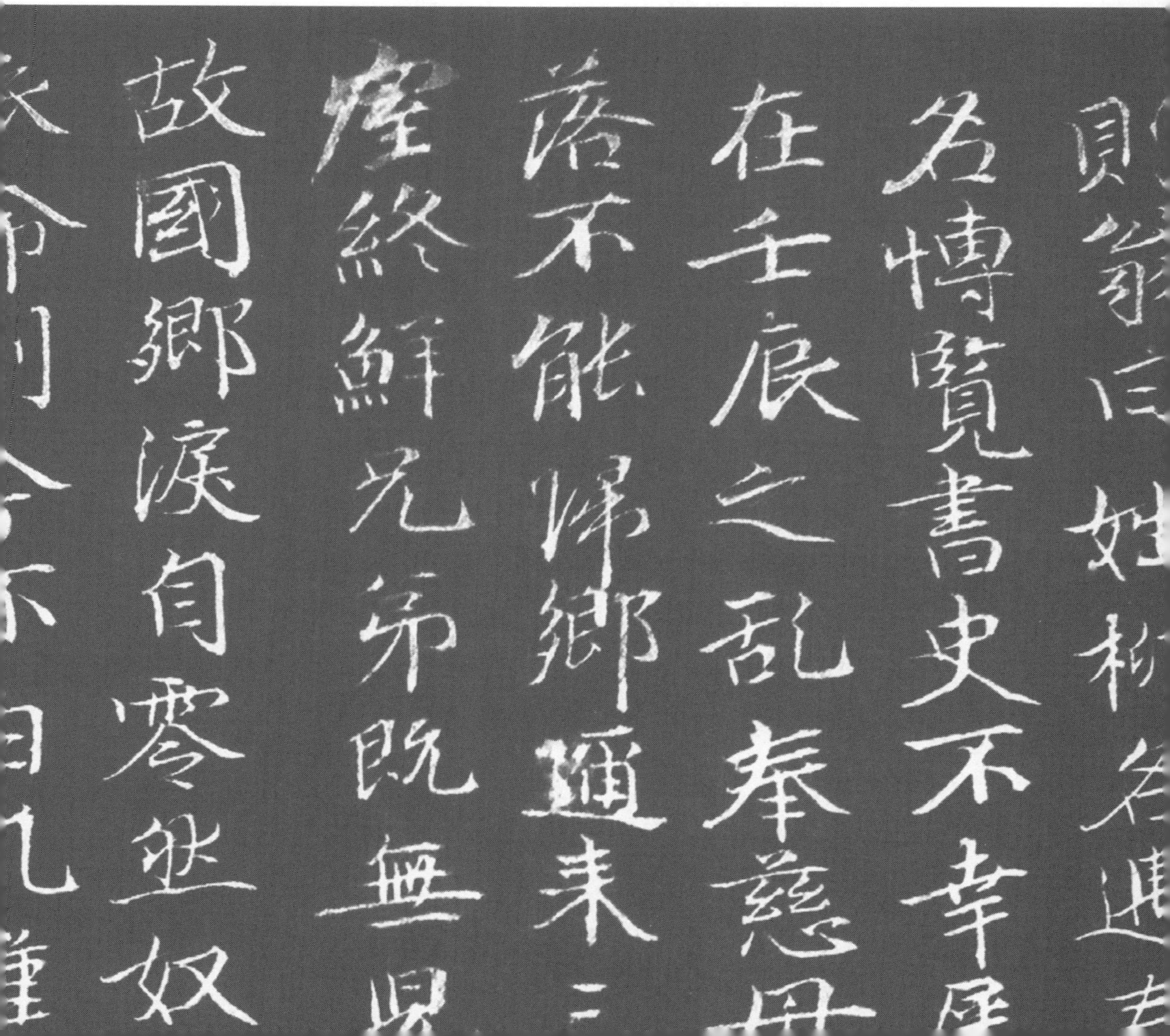

1 「상사동전객기相思洞餞客記」 해제解題

「상사동전객기」는 젊은 유생인 김생과 회산대군의 궁녀인 영영의 사랑을 그린 애정전기소설로, 작자나 창작 연대가 밝혀져 있지 않은 작품이다. 다만 권필權韠의 조카인 권전權佺(1583~1651)의 『석로유고釋老遺稿』에 "내가 병이 든지 오래되었는데, 병중에 무료하여 아이들에게 〈상사동기〉를 읽게 하였다.(余罹病久矣, 病中無聊莫甚, 使兒輩讀想思洞記)"라는 기록이 있어 창작 연대를 17세기 초로 추정할 수 있다. 이본으로는 20여 종의 한문 필사본이 전해지고 있으며, 「상사동기相思洞記」, 「상사동전객기相思洞餞客記」, 「영영전英英傳」 등의 제명題名이 있다.

작품의 줄거리는 다음과 같다.

홍치弘治 연간年間에 성균관 진사 김생이라는 인물이 있었는데, 경화거족의 아들로 용모가 준수하고 인품이 넉넉하며 글 잘하고 재기가 넘쳤다. 어느 날 성균관에서 집으로 돌아오던 도중 봄날의 흥취에 젖어 술을 마시고 한 미인(영영)을 보고 흠모하여 뒤를 좇는다. 영영이 상사동의 한 집으로 들어가자 김생은 그 주변을 서성이다가 어찌지 못하고 집으로 돌아온다.

그러나 김생은 그 미인을 잊지 못해 남 몰래 홀로 마음 앓이를 하는데, 하인 막동이 이 사실을 알고 영영을 만날 수 있는 방법을 알려준다. 김생은 막동이 알려준 방법대로 손님을 전송하기 위해 영영이 들어간 집을 빌리는 척하고 그 집을 드나들며 집주인 노파의 환심을 산다. 이윽고 집주인 노파를 통해 영영이 집주인 노파의 조카로 회산대군의 시녀라는 사실과 그렇기 때문에 다시 만나기 어려운 처지라는 사실을 알게 된다. 이 사실을 알게 된 김생이 매우 상심하자, 노파는 단오날에 영영의 모친 제사를 핑계로 영영이 상사동으로 오게 한다.

마침내 단오날이 되어 영영은 노파의 집에 이르러 김생을 만나 김생의 애절한 마음을 확인한다. 김생은 밤이 될 때까지 함께 머물기를 청하지만, 영영은 밤에는 회산군이 늘 자신으로 하여금 시중들게 하기 때문에 돌아가야 한다고 한다. 이에 김생이 매우 실망하자 회산대군이 외출하는 보름날 저녁에 궁중으로 찾아오라고 한다. 약속한 날에 김생은 영영이 가르쳐 준대로 무너진 궁 벽 틈을 이용하여 궁중 안으로 들어가 영영과 운우지정을 나눈다.

집으로 돌아온 김생은 영영에 대한 그리움으로 세상일에는 관심이 없으나 이미 노파마저 죽어서 편지를 부칠 기회조차 없게 된다. 이렇게 3년의 세월이 흐르자 영영에 대한 그리움도 점차 줄어들어 김생은 다시 학업에 힘써 과거에 장원급제를 하게 된다. 3일유가三日遊街하던 중 김생은 회산군 댁 앞을 지나다가 옛 일이 생각나서 일부러 취한 척하고 말에서 떨어져 땅에 눕고는 일어나지 않는다. 이를 본 회산군 부인이 김생을 부축해서 집안으로 모시게 하는데, 여기에서 김생은 영영과 재회한다. 그러나 남의 눈이 두려운 영영은 몰래 편지 한 통을 김생에게 전한다.

집에 돌아온 김생은 영영의 편지를 읽고는 그리워하는 마음이 더욱 간절하여 병들어 눕는다. 동창생인 이정자가 문병을 왔다가 김생의 사연을 듣고는, 회산군 댁 부인이 자기의 고모이며 회산군은 이미 죽었고 그 이후 회산군 댁 부인은 남에게 베푸는 데 마음을 쏟고 있으니 영영과 만날 수 있도록 도모할 수 있으리라고 한다. 이정자에게서 그간의 사정을 들은 회산군 댁 부인이 영영에게 김생의 집으로 가라고 명하여, 김생과 영영은 다시 만나 더불어 생애를 마쳤다.

그간 「상사동전객기」는 「운영전」과 소재가 유사하여 아류작으로 평가를 받기도 했으나, 이 작품은 「운영전」 등에 비해 통속적 경향이 농후한 작품이다. 젊은 나이의 김생이 미모의 여인을 만나 설레는 춘정이 매우 상세하면서도 해학적으로 묘사되었고 감정표현도 매우 곡진하다. 또한 「운영전」과 달리 「상사동전객기」는 통속적 성향을 보이고, 속도감 있는 사건 전개, 백화소설이나 국문소설에 가까운 문체를 보여 17세기 전기소설의 새로운 모습을 확인할 수 있다.

더불어 연민문고본은 낙장이 되어 결말 부분을 알 수 없지만, 다른 판본을 기준으로 볼 때, 김생과 영영의 결연으로 끝나는 해피엔딩의 구조는 이 작품이 대중의 통속적 욕망을 고스란히 구현했음을 보여준다. 「상사동전객기」는 김생과 영영의 사랑 자체에 주목한 전기소설이면서, 그 표현에 있어서는 이전의 작품에 비해 전체의 2/3가 김생과 영영의 만남에 얽힌 우여곡절일 정도로 만남과 과정을 상세히 묘사하였고 상세한 인물의 심리 묘사를 통해 소설적 흥미를 배가시킨 작품이다. 김생이 영영을 그리워하고 만나기까지의 가슴 졸이는 모습에 초점을 두고 있어 독자들은 남녀가 만나기로 약속했다가 그것이 지연되고, 다시 약속하는 반복적 구조를 통해 이야기에 대한 흥미를 느끼고 등장 인물과 기쁨과 슬픔을 함께 하는 통속적 재미를 느끼게 된다.

또한 「상사동전객기」는 하인 막동, 영영의 이모인 노파, 동년同年인 이정자李正字라는 조력자로 인해 서사가 진행되는데 특히 결말 부분에서 작품 전개와 그리 어울리지 않는 조력자를 등장시켜 해피엔딩으로 끝맺는 것은, 작가가 소설적 흥미와 독자들의 통속적 기대 심리를 의식한 것으로 보인다. 이런 면에서 본다면 이 작품은 전기소설의 일반적 장르 속성과 거리가 있다고 하겠다. 즉 「상사동전객기」가 본격적 통속소설은 아니지만, 독자들에게 현실의 복잡한 문제 - 양반과 궁녀라는 신분의 차이 -보다는 우여곡절 끝의 행복한 결연이라는 잠깐의 거짓 만족에 취하게 한다는 점에서 통속적 성향을 지닌다. 하지만 이러한 변모는 본격적 통속소설인 재자가인소설과 비교한다면 여전히 '연애 그 자체'에 집중하는 '애정 전기소설'에 속한다고 할 수 있다. 따라서 이 작품은 전기소설 중에서 다소 통속적 성향을 보이는 '통속적 전기소설'이라고 할 수 있다.

「연민문고본相思洞餞客記」는 전체 24면의 필사본이다. 연민문고본은 20여 편의 「상사동전객기」의 각 이본 중에서 대표적 계열인 국립도서관본과 유사한 것으로 보인다. 문장상 간단한 단어의 출입이나 문장의 차이는 있지만 전체적인 내용은 차이를 보이지 않고, 계열을 구분하는 주요 지표 중 하나인 하인의 이름이 대표적 이본인 국립도서관본을 비롯한 부산대본, 김일성대본 등과 같이 '막동莫同'으로 기록되었다. 이는 단국대 율곡도서관 소장본(나손본)이나 정병욱 소장본(신독재본),

이헌홍 소장본에는 '대해大海'로 기록된 것과 구분된다.

대략적인 내용은 큰 차이는 없지만 끝 부분에 영영의 편지에서 5수의 시 중에서 다섯 번째 시를 마무리 하지 못하고 뒷부분이 낙장이 되었다. 그러나 앞 부분에서 큰 변이가 보이지 않기 때문에 낙장된 부분에서 전혀 새로운 내용이 첨가되었을 것으로 보이지 않는다.

2 국역國譯 「상사동전객기相思洞餞客記」

홍치 년간[1)]에 성균관 진사인 김생이 있었는데 그 이름은 잊어 버렸다. 그는 용모가 준수하고 인품이 아주 뛰어났다. 또 글을 잘 지었고 재미있는 말도 잘 하였으니 참으로 세상에서 보기 드문 기이한 남자였다. 그래서 마을 사람들은 그를 '풍류랑'이라 불렀다. 약관의 나이에 진사 제 1과에 합격하여 서울에 이름을 떨치니 높은 벼슬아치 집안에서 재산은 따지지 않고 서로 자신의 딸을 그에게 시집보내고자 하였다.

하루는 성균관에서 집으로 돌아오는 길에 말 위에서 멀리 바라보니 주막의 푸른 깃발이 푸른 버드나무와 붉은 살구나무 사이에서 은은히 비추었다. 김생은 봄날의 흥취에 젖어서 목이 마를 정도로 술 생각이 간절하였다. 그래서 마침내 흰 모시 적삼을 잡히고 진주 홍주를 사서 꽃무늬 술잔에 따라 마셨다. 술에 취해 술 화로 옆에 누우니 꽃향기가 옷에 스며들고 대나무에 맺힌 이슬이 얼굴을 적셨다.

이윽고 석양이 산마루에 걸리니 노복이 돌아가기를 재촉하였다. 김생이 일어나 말을 타고 채찍을 휘두르며 길에 오르니 흰 모래가 원근에 펼쳐져 있고 가느다란 버들가지가 냇가에 하늘하늘 드리워져 있었다.

---

1) 명나라 효종의 연호.(1488년~1505년)

노닐던 사람들도 모두 돌아가 길에는 사람들이 점차 사라졌다. 김생이 흥에 젖어 낮게 읊조리다가 마침내 시 한 수를 이루었다.

> 동쪽 두둑에 꽃과 버들을 바라보노라니
> 자류마[2]는 교만하여 가지를 않네.
> 아름다운 그대 어디에 있는가?
> 복사꽃엔 끝없는 정이 흐르네.

시를 다 읊고 취한 눈을 반쯤 들어 올리니 열여섯 살 정도의 한 미인이 눈에 띄었다. 가벼운 발걸음에 길가의 먼지도 일지 않고 가녀린 허리에 태도는 아름다웠다. 그녀는 조금 가다가 멈추더니 기와 조각을 주워 꾀꼬리에게 던지기도 하고 버들가지를 잡고 석양에 우두커니 서 있다가 옥비녀를 뽑아 검은 머리를 긁기도 하였다. 그녀의 푸른 소매는 봄바람에 가벼이 나부끼고 붉은 치마는 맑은 냇가에 밝게 비쳤다.

김생이 그녀를 바라보다가 마음이 크게 흔들리는 것을 억누르지 못하고 채찍을 급히 휘둘러 가서 바라보니 어린 나이에 아름다운 얼굴이 진실로 국색이었다. 말을 빙빙 돌며 주저하며 앞서거니 뒤서거니 하며 주의를 기울이고 주목하여 차마 떠나지 못했다. 그녀도 김생의 마음을 눈치 채고는 부끄러워 차마 눈을 내리깔고 바라보지 못했다. 여자가 점차 멀어지자 김생도 따라가며 그녀가 가는 곳을 쫓아가니 상사동相思洞[3] 길가의 작은 집이 그녀의 거처였다.

---

2) 자류마紫騮馬: 갈기가 검고 몸이 붉은색을 띠는 명마.
3) 상사동相思洞: 서울 종묘 동쪽에 있던 마을. 이 동네는 본래 골목이 좁았는데, 내사복시에서 기르던 상사마相思馬가 암내를 맡고 뛰면 이 골목으로 몰아넣고 붙잡은 데서 유래하였다.

생이 주저하며 우두커니 서서 쓸쓸함을 견디지 못했지만 날이 이미 저물어 어찌할 수 없음을 알고 안타까운 마음에 마치 술에 취한 듯 바보가 된 듯하였다. 한밤중에도 베개를 껴안고 잠을 자지 못하였고 밥을 마주하고도 먹을 생각을 못하였으며 먹어도 목구멍으로 넘기지 못하니 모습이 초췌하여 비쩍 마른 나무 같았고 안색은 참담하여 싸늘한 재와 같았다. 남몰래 홀로 근심하고 묵묵히 아무 말도 하지 않으니 비록 집안사람이나 부모라도 그 까닭을 알지 못했다.

십여 일이 지나자 막동莫同이라는 늙은 하인이 틈을 타 찾아와서 눈물을 흘리며 물었다.

"낭군께서는 평소에 호방하게 농담도 잘하시고 기상이 탁월하여 얽매이는 데가 없으셨는데 요사이에는 남모르는 근심이 있는 것처럼 슬퍼 보입니다. 어찌하여 이처럼 초췌하시고 근심하십니까? 무슨 고민이라도 있으십니까?"

생이 슬퍼하며 사실대로 이야기하니 막동이 한참동안 생각하다가 말했다.

"제가 낭군님을 위해 마륵磨勒4)이 했던 꾀를 내보겠으니 낭군님께서는 너무 속 끓이지 마십시오."

"그렇다면 장차 어찌하려는 것이냐?"

막동이 말했다.

"낭군께서는 얼른 좋은 안주와 술을 준비하시고 아주 화려하게 꾸민 다음에 바로 미인이 갔던 집으로 가서 마치 객을 송별하는 것처럼 하십

---

4) 마륵磨勒: 중국 당대 전기소설인 「곤륜노전崑崙奴傳」에서 사랑에 빠진 주인 최생을 위해 계책을 마련했던 하인의 이름이다.

시오. 방 한 칸을 빌려 잔치 자리를 준비한 다음에 저를 불러 객을 청하십시오. 제가 명을 받고 갔다가 한 식경食頃 지난 뒤에 돌아와서는 '오늘 전송하는 이들이 많아서 술에 취해 올 수 없으니 내일 꼭 오겠소.'라는 말을 전하겠습니다. 그러면 낭군께서는 주인을 나오라고 불러 같이 앉아 술과 안주로 같이 마신 뒤에 아무런 기색도 보이지 말고 돌아오십시오. 다음날도 그렇게 하고 또 그 다음날도 또 그렇게 하십시오. 첫 번째는 고맙게 여길 것이고, 두 번째는 은혜를 마음에 품을 것이고 세 번째는 반드시 의심할 것입니다. 고맙게 여기면 보답할 것을 생각하기 마련이고 은혜를 품으면 낭군을 위해 죽을 각오를 할 것이며 의심하면 반드시 그 이유를 물을 것입니다. 그때 마음을 열고 속마음을 토로한다면 거의 일을 이룰 수 있을 것입니다."

생이 충분히 그럴 수 있다고 생각하여 기뻐 웃으며 말했다.

"내 일이 이루어지겠구나."

그의 계획대로 바로 술과 안주를 갖추어 그 집에 가서 송별 자리를 마련해 하인을 보내 객을 부르며 모두 약속한대로 하였다. 생이 거짓으로 꾸짖어 말했다.

"허참. 그 사람이 이렇게 좋은 약속을 망치다니! 그래도 봄에 담근 술을 가져왔는데 그냥 가져갈 수는 없지. 여기에서 주인과 함께 산가지를 세면서 술을 마시는 것도 나쁜 일은 아니겠지."

이에 주인을 나오라고 부르니 칠십 노파가 나왔다. 생이 위로하며 말했다.

"할멈은 편히 앉으시오. 마침 객을 전별하기 위해 여기에 왔는데 할멈이 좋게 맞이해 주었으니 그 후의에 깊이 감사하오."

막동을 불러 많은 음식을 내오고 술을 따르게 하여 노파와 술을 마시니 마치 오랜 사이처럼 돈독하였다. 하지만 어떤 말도 하지 않고 돌아왔다.

김생은 스스로 생각해보니 지난번에 보았던 젊은 여자가 정말 노파의 딸인지도 알 수 없어서 속이 타고 답답하여 죽을 것만 같았다. 하지만 노파가 깊이 감격하고 스스로 의심하기를 기다린 뒤에 자신의 일을 말하리라 생각했다. 다음날 게을리 하지 않고 가서 이와 같이 하기를 두세 번 하니 노파가 과연 의심하여 진지한 표정으로 자리를 고쳐 앉으며 말했다.

"이 늙은이가 청할 바가 있습니다. 길가에 인가가 생선비늘처럼 즐비하니 술자리를 마련해 객을 전별하는데 어느 곳인들 불가하겠습니까? 그런데도 다만 어찌하여 이처럼 누추한 곳을 찾아오시는 것인가요? 또 낭군님은 서울의 거족이며 사림의 종장宗匠이시고, 저는 누추한 거리에 사는 과부요, 초가집에 사는 보잘것없는 목숨입니다. 앞으로는 귀천의 차이가 있고 뒤로는 평생의 친분이 없는데 외람되이 낭군님의 두터운 은혜를 입은 것이 이 지경에 이르게 되었으니 제가 어떻게 이런 은혜를 입은 것일까요? 실로 그 까닭을 알지 못하겠습니다."

김생이 웃으며 말했다.

"나는 객을 송별하러 왔을 뿐 달리 무슨 뜻이 있는 것은 아니오. 또 할멈과 잘 지내는 것은 손님과 주인의 당연한 예일 뿐이오."

술을 다 마신 다음, 김생이 문득 자줏빛 저고리를 벗어 홑 적삼과 함께 노파에게 던져 주면서 말했다.

"매번 할멈의 집을 번거롭게 하면서도 아무런 보답도 못했는데 이것을 징표로 삼아 훗날 서로 잊지 않도록 하게나. 거절하지 말고 받아 주게."

노파가 매우 감사하면서도 더욱 의심스러워 일어나 재배하고 말했다.

"낭군님께서 이것까지 주시니 저로서는 너무나도 이상합니다. 무슨 이유가 있어서 이러시는 것은 아닌지요? 정녕 이 늙은이는 수년간 혼자 살면서 이웃 사람 중에는 아무도 돌아봐 주는 이가 없었거늘 하물며 낭군님이겠습니까? 만일 이 늙은이에게 바라는 바가 있으시다면 저는 죽더라도 사양치 않겠습니다."

생이 웃으며 대답하지 않으니 노파가 억지로 청하자 그제서야 빙그레 웃으며 물었다.

"이 동네의 이름이 무엇이오?"

"상사동이지요."

"이 동네 이름 때문에 탈이 났다오."

노파가 살짝 웃으며 말했다.

"낭군께서는 아마도 중매쟁이의 임무[5]를 제게 바라시는 것인가요? 하지만 이 동네에는 가운화賈雲華처럼 아리따운 여인도, 위랑魏郎처럼 풍류스런 남아도 없으니[6] 어찌 생각하시는 연인이 이곳에 있겠습니

---

5) 중매쟁이의 임무: 원문에는 '변구지임辨口之任'으로 되었으나 다른 본에는 '변구지임邊嫗之任'으로 되었다. 「가운화환혼기賈雲華還魂記」에서 위붕魏鵬이 어머니의 편지를 가지고 북방으로 갔는데, 그곳에서 변두리의 한 노파의 집에 머물러 벽에 시를 쓰자, 그 노파가 위붕을 알아주고, 나중에 어머니가 말한 여인의 일을 말하자 자신이 그녀(가운화)의 유모였다고 말하고, 그녀의 내력을 말해준다. 여기서 '변구邊嫗'란 이 여인을 말하는 듯하고, '변구지임邊嫗之任'은 중매쟁이의 일을 말하는 듯하다.

까?"

생은 쓸쓸히 실망한 얼굴로 말했다.

"내가 이미 할멈의 후의를 입었으니 어찌 차마 사실대로 고하지 않겠소? 나는 모월모일 모처에서 오다가 길에서 젊은 낭자를 만났는데 나이는 열 대여섯 되어 보였소. 비취빛 저고리에 붉은 치마를 입고 흰 비단 버선에 자줏빛 신발을 신었으며 진주로 머리를 따서 묶고 눈처럼 흰 가락지를 약지에 끼우고 홍화문弘化門[7] 앞길을 따라 빙빙 돌아갔소. 나는 어린 나이의 협기로 춘정이 끓어오르는 것을 금치 못하여 뒤를 따라가서 이르는 곳을 쫓아가니 바로 할멈의 집이었소. 그때부터 마음이 술을 마신 듯 취해서 모든 일에 멍하여 온통 그녀만 생각하게 되었소. 반짝이는 눈에 하얀 치아를 자나 깨나 그리워했고 심장이 끊어지고 애를 끓인 것이 하루 이틀이 아니었소. 할멈이 보기에 나의 비쩍 마른 얼굴이 어떠한 것 같소? 이렇기 때문에 부득불 번거롭지만 할멈의 집에서 객을 전송한다고 한 것이었소."

노파가 듣고는 생의 마음을 매우 불쌍히 여겼지만 그가 염두에 둔 바가 누구인지 알지 못했다. 한참 동안 곰곰이 생각하다가 문득 깨닫고 말했다.

"낭군께서 말한 것은 바로 죽은 언니의 딸로, 이름은 영영이고 자는 난향이랍니다. 만약 그 아이라면 정말로 어렵습니다. 어려워요."

"어째서인가?"

---

6) 가운화와 위랑(위붕)은 중국 명대 중편소설인 「가운화환혼기賈雲華還魂記」의 남녀 주인공이다.

7) 홍화문弘化門: 한양 도성漢陽都城의 동북 쪽에 위치한 도성都城 4소문四小門 가운데 하나로 동소문東小門이라고도 하며 중종 6년(1511)에 혜화문惠化門으로 개칭했다.

"그 애는 바로 회산군檜山君8)의 시비입니다. 궁 안에서 태어나 궁에서 자라 문밖의 길을 밟지 않은 것이 오래되었지요. 얼굴이 예쁜 것이야 낭군께서 보셨을 테니 굳이 얘기할 필요가 없겠지요. 착한 마음과 유순한 태도는 양반가의 처녀와 다를 바가 없는데다 음악과 문자에 능해 진사께서 사랑하셔서 장차 후궁으로 삼으려고 하시지만 부인께서 투기가 심하셔서 아직 이루지 못하고 있습니다. 지난번에 거리낌 없이 이곳에 올 수 있었던 것은 그날이 한식이라 이곳에서 죽은 부모님의 영전에 제사를 지내기 위해 부인께 휴가를 청해 올 수 있었던 것일 뿐입니다. 게다가 마침 진사께서 외출하셨기에 올 수 있었던 것이지 그렇지 않았다면 낭군께서 어떻게 그 아이의 얼굴을 볼 수 있었겠습니까? 낭군께서 다시 한번 만나기를 바라신다면 정말 어려운 일입니다. 어려운 일이에요."

김생이 하늘을 우러러 크게 탄식하며 말했다.

"끝났구나. 이제 죽겠구나."

노파가 매우 걱정하며 쓸쓸히 물어 말했다.

"정히 원하신다면 방법 하나가 있긴 합니다. 단오가 한 달 정도 남았는데 그때 제가 언니를 위해 작은 제물을 마련할 생각입니다. 이일로 부인에게 아뢰고 영영에게 반나절의 휴가를 주기를 청한다면 만에 하나는 이루어질 것입니다. 낭군께서는 돌아가셔서 다음 기회를 기다리세요."

생이 기뻐하며 말했다.

---

8) 회산군檜山君: 성종의 5번째 아들인 이염李恬을 이르는 듯하다. 부인은 죽산안씨竹山安氏이다.

"과연 할멈의 말과 같다면 인간 세상의 5월 5일은 천상의 칠월 칠석이 될 것일세."

생과 노파가 헤어지며 서로 복을 기원하며 물러났다. 생은 집으로 돌아와 한숨을 쉬고 지는 해를 바라보며 급히 기다리는 밤이 오기를 바랬다. 하루가 여삼추라 좋은 기약을 기다렸으나 오지 않았다. 자주 붓과 먹으로 막힌 마음을 풀어내고자 하였는데, 「억진아憶秦娥」[9] 한 곡을 지었다.

적적한 봄날
뜰 안 가득 배꽃이 피었는데
비바람 부는 저녁.
비바람 부는 저녁에
사랑하는 임 보이지 않고
소식도 끊어졌네.
그때 아름다운 임 만난 것이 후회스러우니
내 마음이 어찌 돌과 같을 수 있을까?
부질없이 그리워하니
꽃을 대하여 애가 끊어지고
바람을 맞으며 눈물을 흘리네.

약속한 날이 되어 가보니, 노파가 나와 맞이하였다. 김생은 무탈한지

9) 억진아憶秦娥: 악보의 이름으로 쌍조雙調와 모두 46개의 글자로 이루어지며 평측平仄의 운을 맞추는 형식을 강조한다. 당나라 이백李白의 「억진아憶秦娥」라는 사詞에서 "秦娥夢斷秦樓月"이라는 구절에서 시작하였다고 한다.

를 묻는 것 외에 한마디 할 여유가 없어 다급히 '일이 어떻게 되고 있는가?'하고 물었다.

"어제 부인 앞에 가서 간청하니 부인께서 말씀하셨습니다. '진사께서 평소에 영영이 출입하는 것을 매우 엄히 금하였으니 내 어찌 네가 원하는 바를 따르겠는가? 하지만 진사께서 내일 재상들과 함께 나가셔서 단오 모임을 하시니 내 어찌 영영이 잠시 나가는 것을 아끼겠는가?' 부인의 말은 틀림없으나 진사께서 정말로 외출하셨는지는 잘 모르겠습니다."

생이 반신반의하고 기뻤다가 두려웠다가 하며 마음을 안정시킬 수 없이 초초하게 책상에 기대어 문이 열리기만 기다렸다. 하지만 해가 정오가 되어 가는데 아무런 그림자도 없어 마음 속에서 열이 나서 바보처럼 멍하니 앉아 있으니 마치 서리 맞은 파리 같았다. 생이 일어나 부채를 휘둘러 기둥을 치면서 노파를 불러 말했다.

"근심스런 마음은 애가 끊어지려 하고 바라보노라니 눈은 말라버리려고 하오. 여러 행인들만 가까이 왔다가 가버리니 희망이 끊어진 건 아니오?"

노파가 위로하며 말했다.

"지성이면 감천이니 낭군께서는 조금만 기다리세요."

잠시 뒤에 창밖에서 신을 끄는 소리가 먼 곳에서부터 가까이 들렸다. 놀라 돌아보니 곧 난향이었다. 생이 박수를 치며 말했다.

"이 어찌 하늘의 뜻이 아니겠는가?"

노파 또한 기뻐하며 마치 어린 아기가 엄마를 본 것처럼 하였다. 영영이 문 앞에 푸른 버드나무에 자류마가 길게 울고 뜰 가의 그늘에는 노복들이 나열한 것을 보더니 이상하게 여기며 주저하고 들어가지 못했다.

노파가 영영을 속이며 말했다.

"의심하지 말고 어서 들어오너라. 너는 이 낭군님을 모르느냐? 이분은 바로 나의 죽은 남편의 친척이시다. 마침 누추한 집에 오셨다가 손님을 전송하기 위해 머물러 계시는 것이다. 그런데 어찌하여 이렇게 늦게 온 거니? 나는 네가 오지 않을까 해서 이미 너의 엄마 제사를 지냈다. 얼른 안으로 들어가서 빨리 술상을 가져와서 낭군님께 한 잔 술을 따라 올려라."

영영은 그 말대로 술상을 가지고 오니 노파와 생이 술을 들어 서로 권하였다. 술이 반쯤 취하자 생이 영영에게 말했다.

"낭자도 들어와 앉으시오. 내가 술 한 잔 따르겠소."

영영이 부끄러워하며 몸 둘 바를 몰라 하자 노파가 말했다.

"너는 깊은 궁 안에서 자라서 세상의 인정을 모르는구나. 하지만 너는 글자를 아는데 술잔을 주고받는 예의를 모르느냐?"

영영이 이에 술을 받았지만 여전히 마시지 못하다가 술잔을 가져다가 붉은 입술에 살짝 대기만 할 뿐이었다. 잠시 후에 노파는 짐짓 취한 척하면서 피곤해 하며 앉아 있다가 하품을 하고 졸려하며 영영에게 말했다.

"내가 술기운 때문에 피곤한데다 몸도 좋지 않아서 조금 쉬어야 겠으니 네가 잠시 도련님을 모시고 있거라."

바로 안으로 들어가 자리에 쓰러져 자는데 코고는 소리가 우레 같았다. 이에 생이 영영에게 말했다.

"지난번에 부자묘[10]에서 오다가 홍화문 앞길에서 만난 것이 삼월 초하루였는데 기억하는가?"

"말은 기억하는데 사람은 기억하지 못하겠습니다."

"사람이 말보다 못하다는 것인가?"

"말은 보았지만 사람은 보지 못했습니다."

"네 어찌 다만 말만 기억하느냐? 내 안색이 초췌하고 몸이 비쩍 말라서 지난번과 같지 않으니 어찌 아무런 이유가 없이 그러한 것이겠는가? 너는 내가 아니니 어찌 내 마음을 알겠느냐?"

"도련님도 제가 아닌데 어찌 제가 도련님의 마음을 알지 못하는 것을 아시는 것입니까?"

생이 바로 자리를 옮겨 가까이 앉으며 사실대로 고하였다.

"가까이 오너라, 난향아. 네 어찌 무정한 사람이겠느냐? 한 번 만나 말도 못하고 헤어진 뒤로 그리워하면서도 만나지 못한 것이 그 얼마나 되었느냐? 이리 오너라 난향아. 네 어찌 슬프지 않았겠느냐. 내가 낭자를 기다렸는데 이제 왔으니 살 수 있겠구나."

영영이 미소를 지으며 대답하지 않았다. 생이 이곳에 머물며 밤이 될 때까지 있다가 동침하고자 하니 영영이 안 된다고 하며 말했다.

"우리 진사께서는 아침이면 나가셨다가 저녁에는 반드시 돌아오십니다. 외출하셨기에 제가 여기에 올 수 있었던 것입니다. 돌아오시면 반드시 저를 불러 옷을 벗기라고 하실텐데 이처럼 약한 몸으로 죽을 지경

---

10) 부자묘夫子廟: 문묘文廟. 공자孔子나 여러 성현들의 위패를 모시고 제사를 드리는 사당. 서울 종로구 성균관에 있는 문묘는 조선 태조 7년(1398)에 처음 세우고 정종 2년(1400)에 불에 탄 것을 태종 7년(1407)에 다시 지었으나, 이 역시 임진왜란으로 타버렸다. 지금 있는 건물들은 임진왜란 이후에 다시 지은 것이다.

에 빠질 수는 없습니다. 그렇기 때문에 낮에는 올 수 있지만 밤까지 머물 수는 없습니다."

생이 그녀가 오래 머물 수 없음을 알고 바로 유혹하는 말로 이야기했다.

"진실로 너의 말과 같다면 내 마음은 어떻게 해야 한단 말이냐? 해가 이미 저물어 헤어질 때가 가까이 오고 뒷날의 만남은 쉽지 않으니 네가 나를 불쌍히 여긴다면 잠깐 동안 즐기는 것에 인색하지 말거라."

마침내 그녀를 끌어안으려고 하자 영영이 옷깃을 여미고 정색을 하며 말했다.

"제가 어찌 목석 같은 사람이라서 낭군님의 마음을 모르겠습니까? 다만 진사께서 저를 천하게 여기지 않으시고 눈 앞에서 멀리 떠나가지 않게 하며 신임하며 중문 밖을 나가지 못하게 합니다. 오늘 여기에 온 것도 이미 엄한 명을 어긴 것인데 만일 또 불법을 자행하여 추문이 널리 퍼지게 된다면 죽고도 남을 죄이니 설령 낭군의 명을 따르고자 하여도 할 수 있겠습니까?"

생이 영영의 허벅지를 어루만지며 탄식하며 말했다.

"이제 내가 어찌 살아가겠느냐? 나는 이제 황천객이 되겠구나!"

하고는 영영의 흰 손을 잡고 그녀의 흰 젖가슴을 문지르며 옥 같은 다리를 맞대고 마음대로 하며 하지 못할 바가 없는 듯 하였지만 억지로 사랑을 나눌 수는 없었다. 생이 감정을 부추기며 정성을 다하고 백방으로 유혹하며 말했다.

"새는 급히 날아가고 토끼는 빨리 달리며 세월은 물과 같이 흘러간다. 붉은 꽃은 금방 떨어지고 꽃다운 나이는 쉽게 쇠하여 벌과 나비는 더 이상 사랑하지 않으니 사람이라고 무엇이 다르겠는가? 붉은 얼굴은 머리를 돌리는 사이에 시들어 버리고 머리카락은 손가락을 튕기는 사이[11]에 희게 변한다. 아침의 구름, 저녁의 비로 내리는 신녀[12]는 원래 정해진 자취가 없는 법이다. 푸른 바다와 긴 하늘에 월아[13]는 응당 영약靈藥을 훔친 것을 후회했을 것이다. 새는 미물이지만 날개를 나란히 하는 비익조[14]가 있고 나무의 본성은 무디지만 가지가 이어자라는 연리지[15]가 있다. 하물며 정욕이 모이는 것에 어찌 사람과 사물이 다르겠는가? 봄바람 속 호접몽은 다만 독수공방을 괴롭히고 달밤의 두견새 울음은 외로운 베개를 더욱 놀라게 한다. 어찌 두목지[16]가 봄꽃 찾는 것을 늦추게 할 수 있겠느냐? 위나라 우언에 '항아를 늦게 만나 청춘을 헛되이 보내고 쓸쓸히 저 세상의 한만 남겼네. 서쪽 무덤의 푸른 나무는 황량한 언덕에서 천 년 동안이나 적막하게 서 있고 장신궁[17]의 문빗장

---

11) 손가락을 튕기는 사이: 탄지彈指는 불교용어로 눈을 20번 깜짝이는 극히 짧은 시간을 말한다. 『여씨춘추呂氏春秋』에 "二十瞬爲一彈指"라 하였다.

12) 신녀神女: 송옥宋玉의 「고당부高唐賦」에 등장하는 무산巫山 신녀神女. 초나라 회왕懷王이 고당에서 노닐다가 꿈 속에서 신녀神女와 동침하였는데, 신녀가 헤어질 때 아침에는 구름, 저녁에는 비로 내린다고 하였음.

13) 월아月娥: 요임금 때 활을 잘 쏘던 예羿의 아내 항아姮娥. 중국 전설에 예가 서왕모에게 불사약을 얻었는데 항아가 몰래 훔쳐 먹고 달로 도망갔다는 이야기가 있다.

14) 비익조比翼鳥: 전설 속의 새로 눈과 날개가 하나밖에 없어서 암수 한 쌍이 한데 합쳐야만 양 옆을 볼 수 있고 날 수도 있다.

15) 연리지連理枝: 나뭇결이 연결된 가지. 뿌리가 서로 다른 나무가 허공에서 만나 한 가지로 합쳐진 나무.

16) 두목지杜牧之: 두목杜牧. 당나라 때 뛰어난 문재文才와 빼어난 용모를 지녔던 시인으로 그와 관련된 수많은 풍류담이 전한다.

17) 장신궁長信宮: 한漢 나라 성제成帝의 총애가 조비연趙飛燕에게 기울자 사랑을 받던 후궁 반첩여班婕妤가 피해 가 있던 궁전.

은 몇 밤이나 가을비에 쓸쓸히 젖었던가.'라는 말이 있다. 아! 나의 마음이 애석하고 슬프게도 낭자는 무정하기만 하니 살아서 무엇을 기다리겠소. 죽으면 그만이오."

영영이 끝내 따르려 하지 않으며 말했다.

"만일 저에게 뜻이 있으시다면 다른 날 만나시지요."

생이 안 된다고 하며 말했다.

"한 번 너와 이별하면 궁궐의 문이 몇 겹으로 둘렀으니 소식을 전하고자 해도 할 수 없을 터, 다시 두 눈동자에 기쁜 모습을 바랄 수 있겠느냐?"

"낭군께서 어찌 저를 아시는 분이시겠습니까? 이번 달 십오일이면 진사께서는 왕자 및 여러 대군과 달구경 모임을 갖기로 약속했으니 반드시 저녁이 되셔야 돌아오실 것입니다. 궁의 담장이 비바람에 무너졌는데 진사께서 돌보시지 않아 아직 수리가 되지 않았습니다. 낭군께서 이날 어둠을 틈타 들어오셔서 담을 따라 깊이 들어오신다면 중간 담장의 문을 열고 기다리겠습니다. 문으로 들어오셔서 담장을 따라 내려오시면 열 걸음쯤 떨어진 곳에 따로 별실이 있으니 이곳에 몸을 숨기고 제가 나와 맞이하기를 기다리신다면 어찌 좋은 기약이 어렵겠습니까?"

생이 자못 그럴듯하게 여겨 굳게 약속하고 헤어져 돌아왔다. 바로 길에 올라 서로 남북 쪽으로 향해 가다가 말을 세우고 머리를 돌리니 서글픈 마음에 넋이 나가는 듯하였다. 이로부터 그리워하는 마음이 더욱 심하여 이에 사운시四韻詩 한 수를 지어 스스로를 위로하였다.

궁궐 깊은 곳에 아름다운 이 갇혀 있으니
한번 헤어지니 목소리와 얼굴 모두 아득하여라.
정겨운 그 태도 어느 날인들 잊으리
전생에 틀림없이 좋은 인연 맺었으리.
지난 일이 괴로워 수심은 비처럼 내리고
아름다운 기약을 기다리니 하루가 일 년 같네.
깊은 밤이면 꽃다운 님을 만나고 싶어
몇 번이나 누각에 올라 달을 바라보았던가.

약속한 날이 되어 가보니 과연 무너진 담장이 이가 빠진 것처럼 문을 이루고 있었다. 문으로 들어가 깊은 곳으로 들어가니 작은 문이 있어 시험 삼아 열어 보니 과연 문은 잠겨 있지 않았다. 문으로 들어가 동쪽으로 내려가니 과연 별실이 있었다. 김생이 마음속으로 좋아하며 말했다.

'난향이 나를 속이지 않았구나!'

그 방으로 들어가 영영이 나오기를 기다렸다. 그 때는 흰 달이 막 떠오르고 쓸쓸한 바람이 문득 일어나 계단 위의 여러 꽃에서는 그윽한 향기가 풍겨났으며 뜰 앞의 푸른 대나무에서 나는 소슬한 소리는 쓸쓸하였다. 그때 갑자기 문을 여는 소리가 들렸으며 누군가 안으로 들어오는 듯하였다. 생이 매우 놀라 숨을 죽이고 몰래 들어보니 발자국 소리가 점차 가까워지고 옷에서 나는 향기가 엄습하여 눈을 들어 바라보니 바로 난향이었다. 생이 나와 난향의 등을 어루만지며 말했다.

"애인 김생이 여기에 있소."

"낭군께서는 참으로 믿음직한 선비이십니다."

손을 이끌고 가까이 앉아 김생의 안부를 물으니 김생이 대답했다.

"온갖 죽을 고비를 참고 겨우 숨만 붙어 있을 뿐이다."

"어찌하여 그러십니까?"

"땅은 가까운데 사람은 멀리 있는 까닭이지."

이렇게 서로 이야기를 하다 보니 밤이 깊어지는 것을 깨닫지 못했다. 생이 눈을 들어 달을 보고는 깜짝 놀라며 말했다.

"내가 여기 처음 왔을 때는 달이 동쪽에 있었는데 지금은 중천에 있으니 밤도 반이나 지났다. 지금 이 때 동침하지 않고 무엇하는 것이냐?"

하고는 바로 영영의 옷을 풀어헤치려고 하자 영영이 만류하며 말했다.

"낭군께서 저를 마치 뽕나무 밭의 유녀遊女18)처럼 대하시는 것입니까? 제게 따로 침실이 있으니 그곳에서 좋은 밤을 보내는 것이 좋겠습니다."

생이 머리를 흔들며 말했다.

"내 이미 법을 어기고 온갖 죽을 고비를 넘어 여기에 왔다. 한 번도 이미 끔찍하거늘 두 번 다시 하라는 말이냐? 모든 일을 처리할 때는 만전을 기해야 하는데 이와 같이 당돌하니 일이 발설될까 두렵구나."

"일이 발각되고 안 되고는 저에게 달렸으니 걱정하지 마십시오."

이에 생을 이끌고 들어가자 김생이 어쩔 수 없이 따라갔다. 몸을

---

18) 뽕나무 밭의 유녀遊女: 『시경詩經』 용풍鄘風의 「상중편桑中篇」은 위나라의 시로, 내용이 남녀 간의 연애를 다루어 음란한 풍속을 읊은 대표적인 노래이다. 성이 문란하고 풍속이 음란함을 이르는 말로, 남녀 간의 진한 애정 약속을 상중지약桑中之約이란 말이 있다.

구부리고 두려워하며 문을 들어가는데 마치 깊은 연못을 들어가는 것처럼 하였고 땅을 밟는데 마치 얇은 얼음을 밟는 것처럼 두려워하였다. 매번 한 번 발걸음을 옮길 때마다 아홉 번 넘어지고 땀이 흘러 발꿈치까지 이르는데도 깨닫지 못했다.

얼마 있다가 담 모퉁이를 돌고 회랑을 돌아 두 번의 문을 들어가고 세 번째 문으로 들어가자 궁 안 뜰로 들어갔다. 궁인들은 잠이 깊게 들어 뜰은 온통 고요한데 오직 비단 창의 푸른 등만이 밝게 비추고 있어 그곳이 부인의 침소임을 알 수 있었다. 영영은 김생을 한 방으로 이끌면서 말했다.

"낭군께서는 잠깐 쉬고 계십시오."

그러고는 바로 일어나 나간 뒤에 한참동안 오지 않았다. 생은 무료함을 이기지 못해 앉았다 일어났다하며 속으로 매우 이상하게 여겼다. 그때 어떤 사람이 중문으로 들어오면 아뢰는 소리가 들렸다.

"진사님께서 들어오셨습니다."

이에 뜰 가득 불을 환하게 켜 휘황찬란하였고 시첩들은 좌우에서 분주히 다니며 옹위하는데 진사는 술에서 깨어나지 못하고 코를 골며 깊이 잠이 들어 있었다. 영영은 부인의 명을 받잡고 말했다.

"진사께서 차가운 곳에 오래 누워 계시면 풍상이 들까 걱정이 됩니다."

이에 왕자가 일어나 부축하고 들어갔다. 사람들의 소리가 점차 잦아들자 불빛도 사그라 들었다. 영영이 왼손에는 등을 들고 오른 손에는 은병을 들고는 문을 열고 들어 왔다. 이때 김생은 벽에 붙어 발을 겹쳐 서서 이제는 죽었구나하고 생각하고 있을 뿐이었다. 이 모습을 본 영영이 웃으며 김생에게 말했다.

"놀라셨지요? 제가 위로해 드리려고 따뜻한 술을 가지고 왔습니다."

마침내 금빛 연꽃 잔에 술을 따라 김생에게 권하니 김생이 마셨다. 다시 또 한 잔을 권하자 생이 사양하며 말했다.

"내가 바라는 바는 사랑이지 술이 아니다."

이에 술상을 가져가도록 하였다.

생이 방안을 보니 다른 물건은 보이지 않고 붉은 책상 위에 두보시 한 권이 백옥의 서진書鎭으로 펼쳐져 있었고 탁자 위에 작은 거문고가 놓여 있었다. 생이 바로 입으로 두 구절의 시를 읊었다.

> 거문고와 책은 맑고 깨끗하여 먼지 한 점 없으니
> 방 안의 옥 같은 사람과 바로 걸맞네.

영영이 이어서 시를 지어 읊었다.

> 오늘 밤은 어떤 밤인가
> 비단 이불 옥 자리에서 아릿따운 님을 기다리네.

이윽고 서로를 이끌고 베개를 나란히 하여 견권지정을 곡진히 하였다. 밤이 이미 다하여 새벽 닭이 꼬끼오 하고 새벽을 재촉하며 먼 종은 파루에 댕댕하고 울렸다. 생이 일어나 산보를 하며 한숨을 쉬며 말했다.

"좋은 밤은 괴로이 짧기만 하고 두 사람의 사랑은 무궁하니 어찌 장차 이별할까? 한 번 궁문을 나서면 훗날의 만남은 기약하기 어려우니 이 마음을 어찌 하단 말인가?"

영영이 그 말을 듣고 소리를 삼키고 눈물을 머금으며 옥 같은 손으로 눈물을 훔치며 말했다.

"붉은 얼굴의 여인이 박명한 것은 예로부터 있었던 일이지만 다만 오늘의 저와 같은 경우는 없었으니, 살아서는 이렇게 이별하고 죽어서는 이처럼 원망스러우니 살고 죽는 것이 꽃이나 낙엽 같아 떨어짐에 세월이 추워지는 것을 기다리지 않습니다. 낭군은 철석같은 남자의 마음으로 어찌 자잘하게 아녀자로 마음을 삼아 성정을 상하게 하시는 것입니까? 엎드려 바라건대 낭군께서는 이별한 뒤로 저의 얼굴을 마음 속에 두고 유념치 마십시오. 천금같은 몸을 잘 보호하시고 힘써 과거 공부를 폐하지 마시어 과거에 뽑히시고 구름같이 높은 벼슬자리에 올라 평생의 소원을 이루시기를 진심으로 바랍니다."

이에 토끼털로 된 붓과 용꼬리 벼루를 열고 봉황 종이를 펼쳐 칠언율시를 지어 징표로 주었다.

> 몇 날을 그리워하다 오늘에야 만나니
> 비단 창, 비단 휘장에서 아름다운 이를 만났도다.
> 등 앞에서 마음 속 이야기 미처 다하지 못했는데
> 베개 머리에서 새벽 종소리에 깜짝 놀라네.
> 은하수에 까마귀 까치 흩어지는 것을 막지 못하니
> 무산에는 언제야 다시 비구름 짙어질까.
> 이별한 뒤로 소식이 없어질 것 멀리서도 알겠으니
> 머리 돌리니 궁궐의 문은 몇 겹으로 잠겨 있네.

생이 보고 슬픔을 이기지 못하여 눈물을 비처럼 흘리고 붓을 적셔 바로 화답하였다.

> 등불이 다하자 비단 창에 지는 해 비추고
> 바라보니 견우성과 직녀성은 은하수를 사이하고 있네.
> 좋은 밤의 일각은 천금의 가치가 있으니
> 천 갈래 이별의 눈물 온갖 금심 일어나네.
> 이로부터 좋은 기약 쉽게 막히리니
> 원래부터 좋은 일에 마가 많이 끼인다네.
> 다른 해 다시 만난다 해도
> 무한한 마음 늙어버린 걸 어찌 하리오.

영영이 펼쳐 보려고 하였지만 눈물이 떨어져 글자를 적셔 다 읽을 수가 없었다. 이에 종이를 거두어 품속에 감추고 묵묵히 아무 말 없이 손을 잡고 바라볼 뿐이었다. 새벽 등이 가물거리고 동창이 밝아오려 하자 영영이 손을 잡고 나와 담장 밖으로 보냈다. 두 사람이 서로 오열하나 차마 소리 내지 못하니 죽어 이별하는 것보다 참담하였다.

김생이 집으로 돌아와 정신이 나가서 보아도 보지 못하고 들어도 듣지 못하여 세상의 모든 일을 잊어버리고[19] 어떤 일에도 괘념하지 않았다. 편지 한 통을 써서 간절한 뜻을 전하고자 하였지만 상사동의 노파는 이미 세상을 떠나 전달할 길이 없어 다만 슬퍼하고 헛되이 꿈만 꿀 뿐이었다.

---

19) 전제筌蹄 : "통발은 고기를 잡는 것이나 고기를 얻고는 통발을 잊어야 하고, 제蹄는 토끼를 잡는 것이나 토끼를 얻고는 발굽을 잊어야 하며, 말은 뜻을 나타내는 것이나 뜻을 얻고는 말을 잊어야 한다." 하였다. 『莊子』

세월이 흐르고 시간이 지나자 온갖 근심 속에서 3년이 이미 지나니 마음은 일을 따라 변해 그리워하는 마음도 조금 느슨해져 예전에 하던 일을 다시 하며 경사經史에 침잠하고 힘써 문장공부를 하며 과거 기일이 되어 과거 시험장에서 재주를 뽐내기를 기다렸다. 과거에 두 번 응시해 두 번 뽑혀 장원이 되니 빛이 세상에 빛나 누구도 견주지 못할 경지가 되었다.

삼일 유가遊街함에 머리에 계화桂花를 꼽고 손에 상아로 된 홀을 집고 앞에는 두 개의 일산이 인도하고 뒤로는 시동이 옹위하며 화려한 옷을 입은 광대들이 좌우에서 재주를 보이고 악기를 잡은 이들이 다투어 음악을 연주하니 구경하는 이들이 거리를 꽉 매우고 마치 하늘에서 내려온 이를 보는 것처럼 하였다. 생은 술이 반은 깨고 반은 취하니 의기가 호탕하여 채찍을 잡고 말을 탄 채로 하루에 천개의 집을 지나갔다. 홀연히 길 가에 빙 두른 높은 담이 구불구불 백보가량 되었고 푸른 기와에 붉은 난간이 사방으로 비추고 있는 것이 보였다. 그 집에는 온갖 꽃이 뜰 가득 피어있었고 나비와 벌들이 꽃밭에서 날아다니고 있었으니 바로 회산군의 댁이었다. 그때 김생이 문득 예전의 일이 떠올라 마음속으로 적이 기뻐하며 짐짓 술 취한 척하며 말에서 떨어져 쓰러져 일어나지 않았다. 궁인들이 문을 열고 나와 쳐다보니 저자거리에 모인 이들처럼 많았다. 이때 회산군은 세상을 떠난 지 3년이 되어 상복을 막 벗었던 때였는데 부인은 홀로 거처하며 마음 둘 곳이 없던 차에 광대의 재주를 보고자 시녀들에게 김생을 부축해 서헌으로 들여 비단 자리에 눕히고 죽부인을 베게 하였다.

생이 어질어질하며 눈을 감고 깨어나지 못하는 것처럼 하니, 이에 광대와 악공들이 뜰에 나열하여 여러 음악을 연주하고 온갖 재주를 보였다. 궁중의 시녀로 붉은 얼굴에 분칠을 하고 푸른 머리털과 구름 같은 머리를 하고 발을 걷어 구경하는 자가 수십 명은 된 듯하였지만 이른 바 영영은 볼 수가 없었다. 김생이 속으로 이상하게 여기며 죽었는지 살았는지 알지 못했다. 생이 곁눈질해서 보자니 한 젊은 낭자가 김생을 바라보다가 들어가 눈물을 닦고는 들어왔다 나갔다 하며 가만히 있지 못하였다. 그녀는 바로 영영으로 차마 김생을 바라보지 못하고 눈물이 흐르는 것을 금치 못하며 다른 사람이 눈치챌까 두려워하였다.

생이 바라보고 마음이 매우 측은하였지만 날이 이미 저문지라 오래 머물 수 없음을 알고 하품을 하고 일어나 주위를 돌아보고 짐짓 놀라며 말했다.

"여기가 어디인가?"

궁인 중에 늙은 하인이 사실대로 고하자 생이 바로 일어나 나가려고 했다. 부인은 생이 취한 뒤에 갈증이 심할 것이라 생각하고 영영에게 명하여 차를 가지고 가게 하니 두 사람이 가까워졌지만 한 마디도 하지 못하고 다만 눈길만 주고받을 뿐이었다.

영영이 차를 드리기를 마치고는 일어나 안으로 들어가려고 할 때 품속에서 꽃 편지 한 통이 떨어졌다. 김생이 급히 주워 품속에 감추고 말을 타고 돌아와 편지를 열어 보니 다음과 같이 써 있었다.

"박명한 첩 영영이 김 낭군께 재배하고 아룁니다. 첩 영영은 살아서 낭군을 따르지 못했고 또 죽을 수도 없어 해골만 남은 채로 숨을 쉬며 지금까지 겨우 살아 있으니 어찌 저의 미천한 정성이 낭군을 생각하는 것이 지극하지 않아서 이겠습니까? 하늘은 어찌 그리 막막하며 땅은 어찌 그리 망망한지요? 복숭아꽃, 오얏꽃 피는 봄날에 저는 깊은 궁에 유폐되어 있었고 오동나무에 비오는 밤에 저는 빈 방에 갇혀 있었습니다. 오래 동안 거문고를 폐하니 거문고 갑에는 거미줄이 생기고, 헛되이 거울을 숨겨두니 먼지가 화장 그릇에 가득합니다. 저문 하늘 지는 해는 저의 슬픔을 더하고 새벽 별과 지는 달은 저의 마음을 모르겠지요. 누각에 올라 멀리 바라보니 구름은 저의 눈을 가로막고 문에 기대 자려고 하지만 근심은 저의 혼을 끊어버립니다. 아! 낭군이시여. 제 어찌 슬프지 않겠습니까? 저는 또 불행히도 할멈이 죽어버려 편지를 전달할 수도 없었으니 다만 낭군님의 얼굴을 생각하며 매번 애를 끊을 뿐이었습니다. 만일 제가 다시 낭군님을 한 번 뵌다면 꽃다운 얼굴로 돌아갈텐데, 알지 못하겠습니다. 낭군님도 저를 생각하셨는지요? 긴긴 세월이 흘러도 저의 한은 다하지 않으리니, 아! 어찌하겠습니까? 죽은 뒤에야 그칠 것입니다. 편지를 대하니 슬픈 마음이 일어나 이를 바를 알지 못하겠습니다."

편지 끝에 다시 칠언 절구 다섯 수를 썼다. 첫 번째 시는 다음과 같다.

> 좋은 인연이 나쁜 인연이 되었으니
> 낭군을 원망하지 않고 하늘을 원망합니다.
> 만일 옛날의 사랑이 여전히 다하지 않았다면
> 다른 해 저를 저승에서 찾아주세요.

두 번째 시는 다음과 같다.

하루는 열 두 때이니
어느 때 어느 날인들 그리워하지 않았으리오.
그리워하는데 어느 날 볼 수 있을까요?
인간 세상에 이별이 있음을 깊이 슬퍼합니다.

세 번째 시는 다음과 같다.

버들과 꽃이 시드니 마치 마음이 있는 듯
거울 속 내 모습도 근심에 흰 머리 생겨나네요
이로부터 좋은 기약 일어나지 않으니
담장 머리 새벽 까치 누구를 위해 우는 걸까?

네 번째 시는 다음과 같다.

이별한 뒤 차마 자리의 먼지를 쓸어버리니
낭군이 앉았던 흔적을 아까워집니다.
적막한 깊은 궁에 소식이 끊어지고
봄비에 떨어진 꽃, 여러 겹 문을 덮어 버립니다.

그 다섯 번째 시는 다음과 같다.

그윽한 마음을 부치고자 하나 누구에게 전할까요?

(이하 낙장)

3 원문原文 「상사동전객기相思洞餞客記」

弘治中, 有成均進士 金生者, 忘其名. 爲人容貌粹美, 風度絶俗. 善屬文, 能笑語, 眞世間奇男子也. 鄕里以風流郎稱之. 年甫弱冠, 登進士第一科, 名動京華. 公卿大家願嫁愛女, 不論財貨也.

一日, 自泮宮還其第, 馬上遙見青帘隱映於綠柳紅杏之間, 生不勝春興之惱, 思醉如渴. 遂典白苧單衫, 沽得眞珠紅酒, 酌以花磁盞而飮之, 醉臥酒爐之側, 花香襲衣, 竹露洒面. 俄而, 夕陽橫嶺, 僕夫促歸. 生起而上馬, 揮鞭登道, 則白沙平鋪遠近, 細柳垂裊川原. 遊人盡歸, 行路漸稀. 生感興微吟, 遂成一絶 曰:

東陌看花柳, 紫騮驕不行.
何處玉人在? 桃花無限情.

吟竟, 半擡醉眼, 則有一美人, 年纔二八. 蓮步輕移, 陌塵不起, 腰肢嫋嫋, 態度婷婷. 或行或止, 或拾瓦礫, 打起鶯兒, 或攀柳條, 佇立斜陽. 或抽玉簪, 輕搔綠鬢, 翠袂飄拂乎春風, 紅裳照耀乎晴川.

生望之, 神魂飄蕩, 不能自抑. 促鞭馳詣而視之, 稚年韶顔, 眞國色也. 盤馬踟躕, 或先或後, 留神注目, 終莫能捨去也. 女亦知生不能無情, 含羞抵眉, 不敢仰視. 女行漸遠, 生亦相隨. 趁其終到, 則相思洞路傍蝸室, 乃其所止也.

生盤桓佇立, 不堪惆悵, 然日已夕矣. 知其無可奈何, 怏怏然自失, 如醉如癡. 中夜撫枕, 寢不安席, 臨餐忘飯, 食不下咽. 形容憔悴似枯木. 顔色慘惔如死灰. 黯黯懷愁, 默默不語, 雖家人父母, 莫曉其所以然也.

纔過十餘日, 有老蒼頭莫同者乘間進謁, 垂淚而問曰: "郎君平日言笑豪縱, 卓犖不羈, 今乃戚戚然, 如有隱憂, 是何憔悴怨慼若是耶? 無乃有所思乎?" 生悽然感悟, 乃以實對, 莫同者心思良久曰: "僕爲郎君請獻磨勒之計, 郎君毋用自煎." 曰: "然則將奈何? " 莫東曰: "郎君急辦嘉肴美酒, 使極華侈, 直詣美人所到家, 若將餞客之爲者. 借一間說盤筵, 呼奴請客, □□亦承命而往, 食頃而返曰: "今日餞衆, 故醉甚不得來, 明日定行云." 於是呼主人出, 命之坐, 以酒肴醉飮之, 不視顔色而退. 明日, 又如之. 又明日, 亦如之. 一則感恩, 二則懷惠, 三則必疑. 感恩則思報, 懷惠則思死, 疑則必請其所以. 於是開襟吐款, 則庶可圖矣."

生深然之, 欣然笑曰: "吾事諧矣." 從其計, 卽具酒肴, 直詣其家, 往錢(餞)陳設, 送奴邀客, 一如所約. 生佯罵曰: "咄咄! 其人之誤佳期如是夫! 然携來春釀, 不可虛還. 於此爲主人一壽(籌), 亦非惡事."

仍呼主人出, 則七十老嫗來現矣. 生慰之曰: "嫗且安. 適因餞客, 來舍于此, 而嫗善延納之多謝厚意." 呼莫同, 命進珍羞酌酒, 與嫗相酬酢(酌), 款如平生之舊, 不出一言而退.

生自料前所見少娥, 不知實是嫗家女否也. 悒悒懷悶, 如不能自存, 然冀其深感嫗, 而待其自疑, 然後發吾事. 明日, 仍往不懈. 如是者再三, 嫗果自疑, 斂容避席曰: "老身切(竊)有所請, 路邊人家戢戢如魚鱗比, 開樽送客何處不可? 獨尋區區之陋居如是乎? 且郎君京華巨族, 士林宗匠, 老身窮巷嫠婦, 草屋微命, 前有貴賤之殊, 後無平生之舊, 而猥蒙厚意以至此極, 老身何以得此?, 實不識其[然?] 也."

生笑曰: "吾因餞客, 別無他意也. 且不與嫗戛然者, 賓主之禮當然." 酒闌, 輒解紫緋, 合歡單衫, 投之嫗而與之曰: "每煩嫗家, 無以爲報, 以此爲信, 以備他日不忘之資也, 幸嫗勿却." 嫗感之深, 疑之甚, 起而再拜曰: "郎君之賜至此, 則老身之惑滋甚, 意者無乃有所以然而然耶? 丁寧老身寡居多年, 凡在隣里之人恒無顧藉, 況於郎君乎? 有所願望於老身, 雖死不辭也." 生笑而不答. 嫗之請强, 然後莞爾而笑曰: "此洞名云何?" 曰: "相思洞也." 曰: "爲洞名之所惱耳." 嫗微啞曰: "郎君無乃以辨口之任, 望於老身乎? 但此洞無雲華之窈窕, 無如魏郎之風流, 何生□所思娟妍, 必不在此."

愀然失色曰: “僕旣爲嫗所厚, 安忍不以實告? 某於某月某日從某處來, 路上適逢少娘子, 年甫十五六. 衣翠羅衫紅綺裳, 着白綾襪紫的鞋. 以眞珠鈿盤索頭, 雪色瑤環約指, 由弘化門前之路, 逶迤而去. 僕以年少俠氣, 不禁春情之駘蕩, 尾而隨之, 趁其所到則嫗家是也. 自此, 心醉如渴, 萬事茫然, 惟其小娘是念. 明眸皓齒, 寤寐思之, 心摧斷腸, 非一朝一夕, 嫗見我顔枯槁, 爲如何哉? 如是則煩嫗家餞客, 不得不已也.”

嫗聞之, 深憐其意, 然未知生之所念爲何人也. 沈吟半餉, 釋然頓悟曰: “郎君之此, 乃亡兄之少女, 名英英, 字蘭香. 若然則誠難矣! 誠難矣!” 生曰: “何也?” 嫗曰: “是乃檜山君侍婢也. 生於宮中, 長於宮中, 不蹈門前之路久矣. 姿色之美, 旣爲郎君所覩, 不必强爲郎君道. 雅心柔態, 無異於士族家處子, 加之而審音律能解文, 故進賜憐之戀之, 將以爲祿(綵)衣; 而夫人不能免妬忌之俗, 甚於河東之吼, 故未果然. 曩者, 來此不憚者, 以其寒食節, 祀其忘(亡)母靈於此, 故請暇於夫人前而來耳. 然適値進賜之出遊, 故以致此行, 不然郎君何由得接面目? 意爲郎君更圖一會, 誠難矣! 難矣!”

生仰天太息曰: “已矣. 吾死矣.” 嫗深懼, 憮然爲問曰: “無已則有一焉. 端午只隔一月, 其時老身當爲亡兄復設小奠, 以此告于夫人前, 請阿英半日之暇, 則尙可庶幾其萬一也. 郎君且歸待期來會.” 生喜曰: “果如嫗言, 人間之五月五日, 乃天上之七月七日也.” 生與嫗別, 各道萬福而退. 生歸家, 喁喁然視日之斜, 汲汲然望夜之至,

度一日如三秋, 待佳期如不及. 頻寄翰墨以宣其鬱抑之懷, 乃作憶秦娥一闋, 其詞曰:

春寂寂, 一庭梨花, 風雨夕.
風雨夕, 相思不見, 音耗兩隔.
却悔當年遇傾國, 我心安得頑如石?
空相憶, 對花腸斷, 臨風淚滴.

及期而往, 嫗出而迎之. 生問無恙外不假(暇)出一言, 秪曰: “事勢若何?” 嫗曰: “昨進夫人前, 請之甚懇, 夫人爲言: ‘進賜平日禁英兒出入甚嚴, 我豈敢從汝所願, 進賜明日與卿宰出遊而作令節之會, 則吾何惜一英兒暫時閒也?’ 夫人之言則丁寧矣, 第未知進賜之出遊與否也.”

生將信將疑, 且喜且懼心莫能定, 而悄然憑几, 開戶待之. 日將欹午, 了無形影, 胸煩腸熱, 凝坐成癡, 正若霜後蠅然也. 生起立揮扇擊柱, 呼嫗而告之曰: “愁腸已斷, 望眼欲枯. 多少行人近而却, 非吾望絶矣?”

嫗慰之曰: “至誠感天, 郎且少安.” 有頃窓外有曳履聲, 自遠而近. 驚顧視之, 乃蘭香也. 生拍手曰: “豈非天也?” 嫗亦喜之, 如赤子之見慈母也. 英見門前綠柳紫騮長嘶; 庭畔淸陰僕從羅列, 怪而踟躕不敢入猝. 嫗詭英曰: “汝其速入無疑, 汝不識此郎君乎? 乃吾夫親族也, 適來陋舍, 將欲餞客耳. 且汝來何暮耶? 恐汝終不來, 故已祭汝母矣. 汝可于內, 急取盃盤來, 將以奉郞君一爵耳." 英如其言奉盤而至, 嫗與生擧酒相屬. 酒半生謂英曰: "娘亦就坐, 吾巡及之矣." 英羞愧不堪當. 嫗曰: "汝生長深宮, 不識世情之乃爾, 汝能識字, 不知酬酢之有禮乎?" 英乃受酒, 猶未快也. 澀把香扈乍接朱唇而已. 俄而, 嫗佯醉倦坐, 欠伸思睡, 顧英而言曰: "吾爲酒力所困, 氣甚不穩, 且欲少休, 汝暫侍坐." 卽起入內, 倒榻醉睡, 鼻息如雷. 於是生謂英曰: "頃者, 自夫子廟來, 相見于弘化門前路, 三月初吉, 實惟其時也, 汝能記憶否耶?" 英答曰: "記馬, 不記人也." 曰: "人不如馬耶?" 曰: "見馬, 不見人也." 曰: "汝豈徒記馬乎? 顏色之憔悴, 形容之枯槁, 不與囊時相似者, 豈無所由然而然耶? 汝非我, 安知我之心耶?" 英答曰: "子非妾, 安知妾之不知子之心耶?" 生卽移席狎坐, 以實告之曰: "咨爾蘭香!汝豈無情人乎? 自從相逢不相話以來, 相思不相見今幾日月? 咨爾蘭香! 汝寧不怨乎哉? 徯我娘, 娘來其蘇矣."

英微啞不答, 生欲留于此, 仍以繼夜要以同枕, 英不可曰: "吾進賜, 朝而出遊, 暮而當還. 出遊, 故妾可得歸于此; 還則必呼妾而解衣, 不可以婉婉弱質, 陷於萬死之地. 是以晝只卜, 不卜其夜." 生知其不可久留, 仍以微意挑之曰: "苟如若言, 則當奈此心何? 日已云暮, 分手之期已迫, 後會不易, 良晤難再, 汝其憐之, 毋吝半餉之歡." 遂欲壓(狎)之, 英斂容正色曰: "余豈木石人哉? 不識郞君心內事乎? 但進賜不以妾爲非薄, 不可使離於前, 信任之, 不出中門之外. 今之來此, 已犯嚴令, 若又恣行不法, 醜聲彰聞, 則死有餘罪, 縱欲從命, 其可得乎?"

生附臂(拊髀)而嘆曰: "余豈生乎? 其爲泉下人哉!" 遂執素手, 捫素乳, 接玉脚, 唯心所欲, 無所不爲, 至於强歡則不與也. 生鼓情竭誠, 百端誘之曰: "鳥飛急, 兎走疾, 歲月如流. 紅易歇, 芳易衰, 蜂蝶莫戀. 其在人也, 何以異乎? 顔朱凋於轉頭, 髮生白於彈指. 朝雲暮雨, 神女本無定蹤. 碧海長天, 月娥應悔偸靈藥. 鳥生微而比翼, 木性頑而連理, 矧性慾之所鍾, 豈人物之異致? 春風蝴蝶之夢, 特惱空房; 夜月杜鵑之啼, 偏驚孤枕, 豈可使杜牧之尋春芳晩? 魏寓言: 見姮娥遲, 虛負青春之年, 而空遺黃壤之恨. 每恨西陵綠樹, 寂寞千載之荒丘; 長信門扃, 蕭條幾夜之秋雨. 嗟吾心之可惜, 惜娘子之無情, 生而何俟, 死而止矣.

英終不肯隨曰: "如致意於賤妾, 又於他日相尋." 生不可曰: "一別音容, 宮門幾重, 欲致音信, 無由可達, 更望喜眼之雙靑乎?" 英曰: "子豈知我者哉? 是月十五日, 進賜與王子諸君約爲翫月之會, 是必入夜而退. 且以宮之墻垣, 適爲風雨之所壞, 進賜緩於營家, 故時未理之. 郞君於此日, 乘昏黑來到, 從壞垣深入, 則中墻之門, 當啓而待之. 由門而入, 循墻而下, 十步許別有寢廊一所, 潛身于此, 待妾出迎, 則何難乎佳期哉?" 生頗然之, 牢定約束, 分袖而歸. 一時登途, 漸成南北, 則立馬回首, 黯然消魂而已. 自此懸憶尤甚. 乃作四韻一首以自悼, 曰:

宮門深處鎖嬋姸, 一別音容兩渺然.
此日難忘情態度, 前身誰結好因緣.
心勞惡抱愁如雨, 莘(辛)苦佳期日似年.
正欲尋芳三五夜, 登樓看月幾時圓.

及期而往, 則果有壞垣, 呀缺成門. 由之入, 度蜜(密)穿深, 乃得小門, 推而試之, 而果不鎖也. 入而東下, 果得別室, 心私自賀曰: “蘭香不欺我矣.” 乃投其中以待英出, 于時, 白月初高, 悽風乍起, 陛上群芳, 暗香浮動, 庭前綠竹, 疎韻蕭蕭. 忽聞開戶聲, 自內而出, 生將恐將懼, 屛息潛聽, 蛩音漸近, 衣香來襲, 開眼視之, 則乃蘭香也, 生出而撫背曰: “情人金某在斯期矣.” 英曰: “郞君大是信士.” 携手狎坐, 問生安否, 生答曰: “忍得萬死, 僅保殊喘喘云云.” 英曰: “何故其然耶?” 曰: “地邇人遐之故也.” 相與打話, 不覺夜深. 生仰見明月而驚之曰: “我初來時, 此月在東; 今已中天, 夜將過半, 不以此時同枕, 將何俟爲?” 卽把英英衣襟而解之, 英止之曰: “郞君待妾爲桑中之遊女乎? 妾別有寢房一所, 可於其中穩度良夜.” 生掉頭而謝曰: “我旣冒法, 昧死崎嶇到此, 一之謂甚, 其可再乎? 凡事處之貴得萬全, 若又唐突, 第恐事泄.” 英曰: “事之泄不泄惟我在, 卽無用慮.”

乃携生擁入, 生不得已隨之. 跼蹐惶恐, 入門如臨深［淵］, 蹈地如履薄冰; 每移一足動輒九跆, 汗出至踵, 未能自覺. 無何, 繞曲墻,循回廊, 入門者再, 三然後達于大內. 宮人睡熟, 庭戶寂然, 惟紗窓清燈明熾, 可知夫人寢所也. 英引生納之一房, 曰: "郎且小安." 卽起入, 久而不出. 生不任無聊, 或坐或臥, 私怪殊深. 旣已有人傳入中門報曰: "進賜入來矣."

滿庭炬燭照曜煒煌, 侍妾奔走左右擁衛, 尙不覺悟, 鼾睡漸熟. 英承夫人之命曰: "久臥冷地, 恐爲風所傷." 王子起而扶入. 人聲漸息, 火光亦滅. 英左手持玉燈, 右手携銀鉼(瓶), 出而開戶; 則生塗壁累足, 自以爲將死而已. 英笑謂生曰: "郎君無乃有驚懼之心乎? 妾欲慰之, 故溫酒而來耳." 遂以金荷葉盃酌而勸生, 生飮之. 又勸一酌, 生辭曰: "在情, 不在酒." 仍命撤去.

生見無他物, 只有朱紅書案置杜草堂詩一卷, 以白玉書瑱鎭之琅玕桌上橫一短琴, 生卽口號二句先唱曰:

琴書蕭洒淨無塵, 正稱房中玉一人.

英繼吟曰:

今夕不知是何夕, 錦衾瑤席對佳賓.

旣而相携連枕, 纔盡繾綣之意. 夜已將闌, 晨鷄喔喔然催曉, 遠鍾隆隆乎罷漏. 生而起散步, 歔欷歔聲曰: "良宵苦短, 兩情無窮, 其如將別何? 一出宮門, 後會難期, 其如此心何?" 英聞之, 呑聲飮泣, 玉手彈淚曰: "紅顔薄命, 古來, 非獨如今微妾. 生如此而別, 死如此而怨, 其生其死, 如花殘葉, 落將不待歲月之寒矣. 郎君以男兒鐵石之心, 何可屑屑然以兒女爲念以傷性情乎? 伏願郎君此別之後, 無置妾面目於懷抱間, 以生思慮; 善保千金之軀, 勉不廢業, 擢高第, 登雲路, 盡平生之所願, 幸甚幸甚!" 仍抽兎豪(毫)管, 開龍尾硯, 展鸞鳳牋, 遂寫七言律詩吟付爲信, 曰:

幾日相思此日逢, 綺窓綉幙接手(丰)容.
燈前未盡論心事, 枕上先驚動曉鍾.
銀漢不禁烏鵲散, 巫山那復雨雲濃.
遙知別後無消息, 回首宮門鎖幾重.

生覽之, 悲不自勝, 淚下如雨, 濡筆卽和曰:

燈盡紗窓落月斜, 相看牛女隔天河.
良宵一刻千金直, 別淚千行百恨和.
自是佳期容易阻, 由來好事許多魔.
他年卽得還相見, 無限閑情奈老何.

英展而欲覽, 淚滴濕字, 不能盡看. 收以藏之懷中, 脉脉無語, 握手相看而已. 曙燈掩翳, 東窓欲明. 英携手而出, 送于墻垣之外. 兩人相與嗚咽, 不能成泣, 慘於死別. 生旣還家, 喪神失魂, 視不見物, 聽不聞聲, 筌蹄世故, 無一事掛念; 欲作一書以致懇之意, 而相思洞老媼旣已捐世, 無便寄去, 徒費悵 , 望虛勞夢想而已.

歲月荏苒, 光陰倏忽, 百憂叢裡, 三春已過, 情隨事變, 念懷稍弛, 復事舊業, 沈潛于經史, 發奮乎文章, 以待槐黃之期, 鬪觜距於試場. 再進再捷, 擢千人爲壯元, 光耀一世, 人莫能肩方.

三日遊街, 頭戴桂花, 手執牙笏, 前導雙盖, 後擁天童, 衣銀倡夫左右程(呈)技, 執樂工人衆聲並奏, 觀者滿街, 望若天上郞然也. 生半醉半醒, 意氣浩蕩, 着鞭跨馬, 一目千家. 忽見道傍, 高墉繞墻, 逶迤乎百步, 碧瓦朱欄, 照曜乎四面; 千花百卉, 芬茀乎階庭; 戱蝶遊蜂, 喧咽乎花園. 則乃檜山君宅也. 生忽念舊事, 心中暗喜, 佯醉墮馬, 臥而不起. 宮人出門聚觀者如市. 時檜山君殞世捐館三期, 素服初闋. 夫人索寞單居無以爲懷, 欲觀俳優之伎倆, 命侍女扶入西軒, 臥而錦紋席, 枕以竹夫人.

生昏昏瞑目若不覺悟. 於是唱夫工人羅列中庭, 衆樂齊作, 百戱具張. 宮中侍女, 紅顔粉面, 綠鬢雲鬟, 捲簾而觀者, 可數十許人, 而所謂英英者, 不復可見. 私自爲怪, 莫知其死生. 生睇而視之, 有一少娘出而望生, 入而拭淚, 乍出乍入不能自止. 乃英英, 不忍見生, 不禁淚流, 畏爲人所覺也.

生之望心甚側(惻), 然日將夕矣, 知其不可久留, 欠身而起, 顧而驚之曰: “此何所也?” 宮中老莊獲乃以實對, 生卽欲起出; 夫人念生醉渴, 命英英奉茶而進, 兩人相近, 不得出一言, 徒爲目成而已.

英奉茶旣竟, 將起入內, 則華牋一封落自懷中; 生拾而藏之袖中, 上馬還家, 拆而觀之, 則其書曰: "薄命妾英英再拜白金郎足下, 妾英生不相從, 又不能死, 殘骸餘喘, 至今尙存, 豈妾微誠, 念君未至? 天何漠漠! 地何茫茫! 桃李春風, 閉妾深宮, 梧桐夜雨, 鎖妾空閨. 久廢絲桐, 蛛網生匣; 空藏寶鏡, 塵土滿奩. 斜陽暮天, 能添妾恨; 曉星殘月, 不知妾心? 登樓望遠, 雲蔽妾眼; 倚門思睡, 愁斷妾魂. 吁嗟郎君! 妾寧不悲? 妾又不幸, 老嫗捐家, 欲寄音書, [無由可達], 徒想面目, 每斷心腸. 假令此身, [更獲一見, 芳容頓改, 厚] 爲君捐. 不識郎君, 亦念妾否? 天荒地老, 妾恨無窮, 嗟哉奈何! 死而後已. 臨緘悽斷, 不知所云." 書下復有七言絶句五首, 其一曰:

好因緣是惡因緣, 不怨郎君只怨天.
若使舊情猶未絶, 他年尋我向黃泉.

其二曰,

一日平分十二時, 無時無日不相思.
相思何日知相見, 深恨人間有別離.

其三曰,

柳憔花悴若爲情, 鏡裡猶憂白髮生.

自是佳期無爲事, 墻頭晨鵲爲誰鳴?

其四曰,

別來忍掃席中塵, 愛有郎君坐臥痕.

寂寞深宮消息斷, 落花春雨掩重門.

其五曰,

欲寄幽懷倚誰傳, ...[20)]

---

20) 이본 간 글자 출입은 있으나 참고를 위해 선본(善本)으로 여겨지는 국립중앙도서관본의 낙장 부분을 덧붙이면 다음과 같다.

欲寄音書寄得難, 幾回呵筆綠窓間
空教別後相思淚, 點滴花牋一班班

生覽之, 沉吟愛玩, 不忍置釋于手, 致念英英, 倍於曩時. 然青鳥不來, 消息難傳, 白鴈久絶, 音信莫寄. 斷絃不能復續, 破鏡難得重圓. 憂心悄悄, 輾轉何益? 形枯體鑠, 臥而成疾, 幾過數月.
適有同年李正字者, 來問生疾. 生携手陳情, 告以疾崇, 正字驚慰曰:
"君疾愈矣! 夫檜山君夫人, 於我爲姑, 義切情親, 可以達其所懷. 且夫人自失所天以來, 信幽明報應之說, 不愛家産珍玩, 好爲捨施, 可以爲君, 更圖之矣."
生喜曰:
"不意今日, 復見茅山道士."
乃申申然定約束, 再拜而送之.
卽日, 正字, 往于夫人前, 告之:
"某月某日, 有及第壯元者, 醉過門前, 墮馬不省人事, 姑氏命扶入西軒, 有諸?"
曰:
"有之."
曰:

"命英英, 奉茶慰渴, 有諸?"
曰:
"有之."
曰:
"是乃姪之友, 壯元金某也. 爲人才器過人, 調度脫俗, 將大有爲之人也. 不幸嬰疾, 閉戶臥吟, 已數月. 姪朝夕往來問疾, 則肥膚憔悴, 氣息奄奄, 命在朝夕. 姪甚憐之, 問疾所由, 則英英爲祟也. 不識, 可使循諸?"
夫人感激曰:
"吾何惜一英英, 使人以至死亡耶?"
卽命英英, 歸金生家.
二人相見, 其喜可掬. 生憊氣頓蘇, 數日乃起. 自此, 永謝功名, 竟不娶妻, 與英英相終云云.

제3부

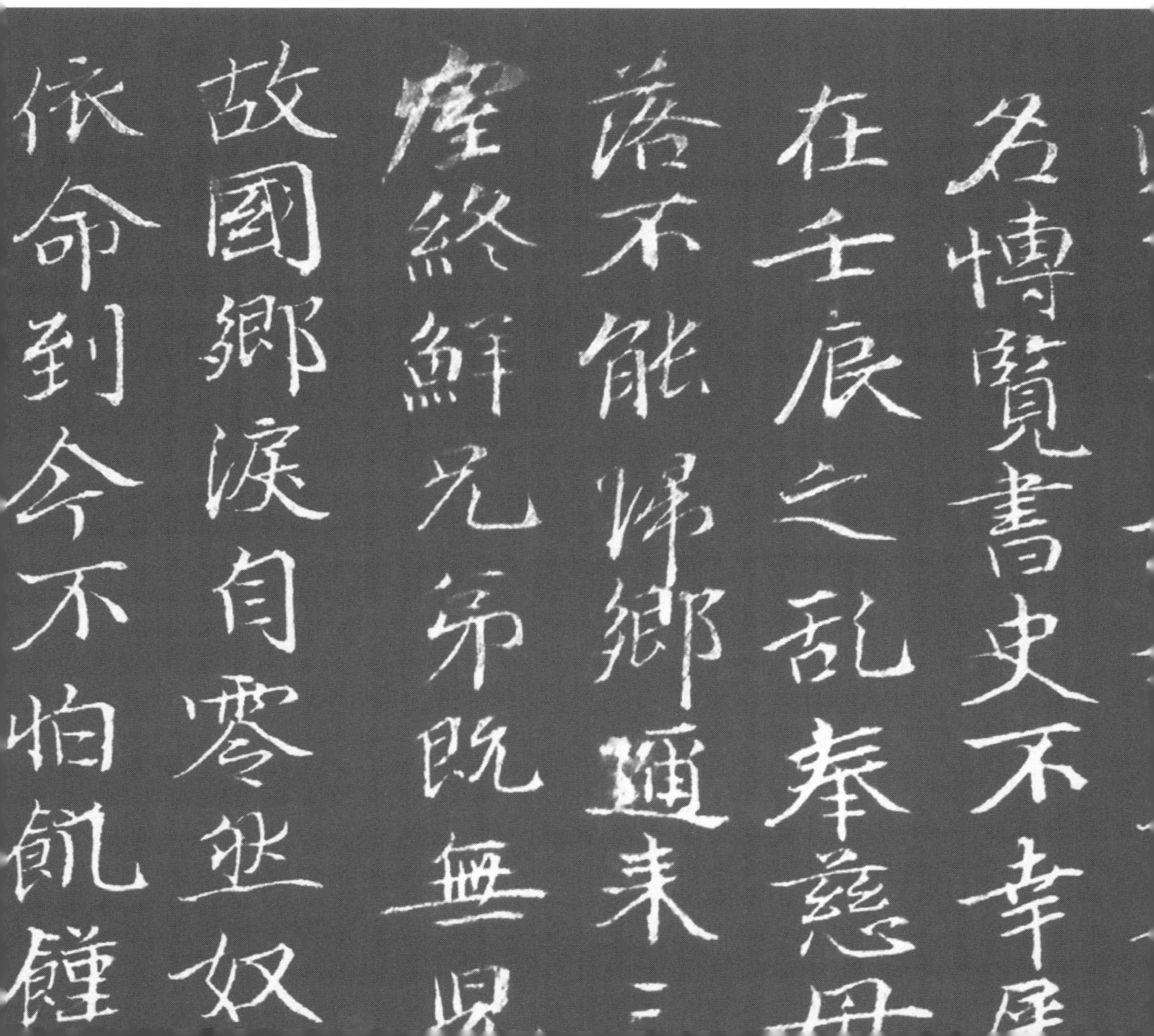

원문原文 영인影印

「곡강루기우기曲江樓奇遇記」
「상사동전객기相思洞餞客記」

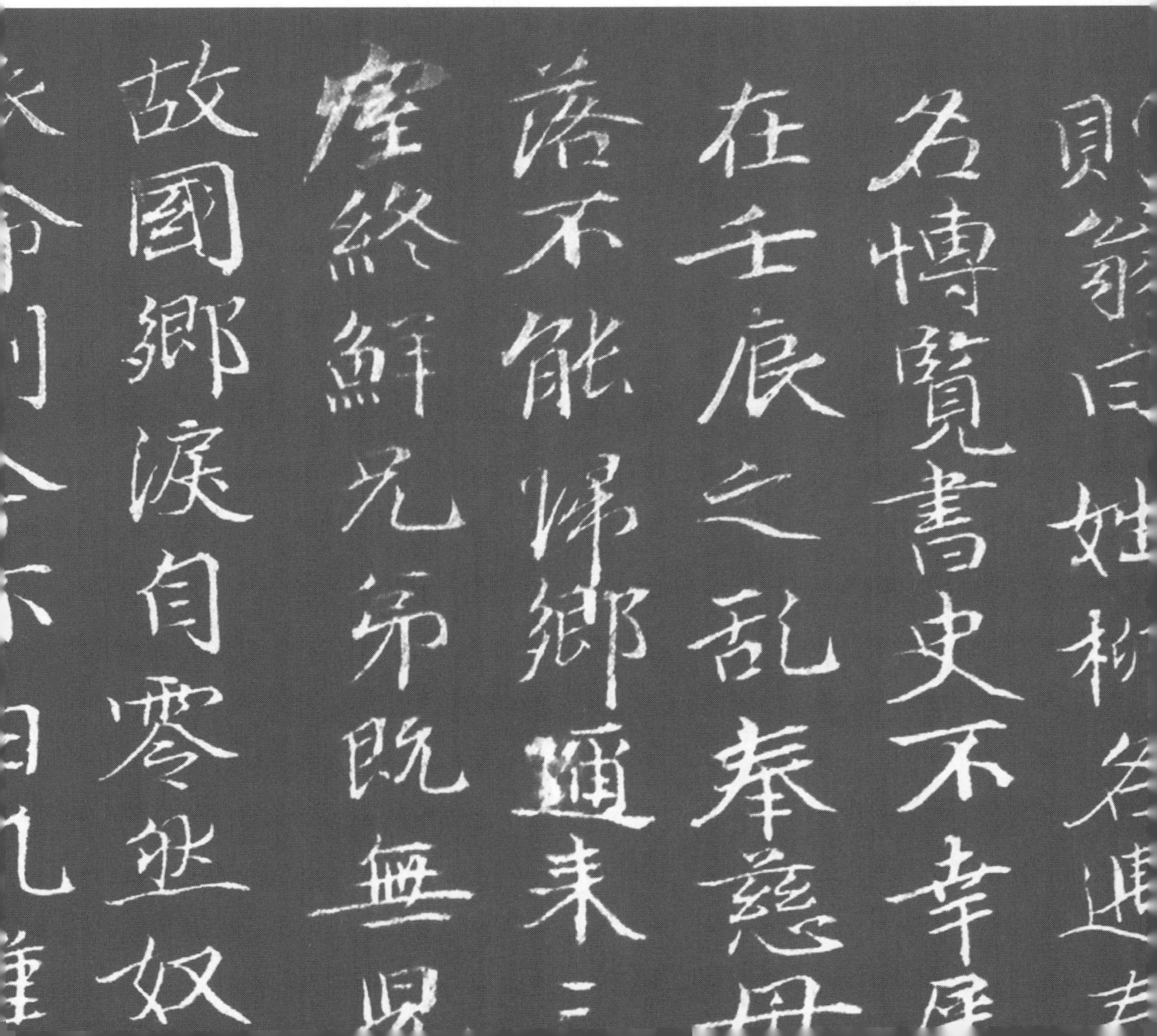

43

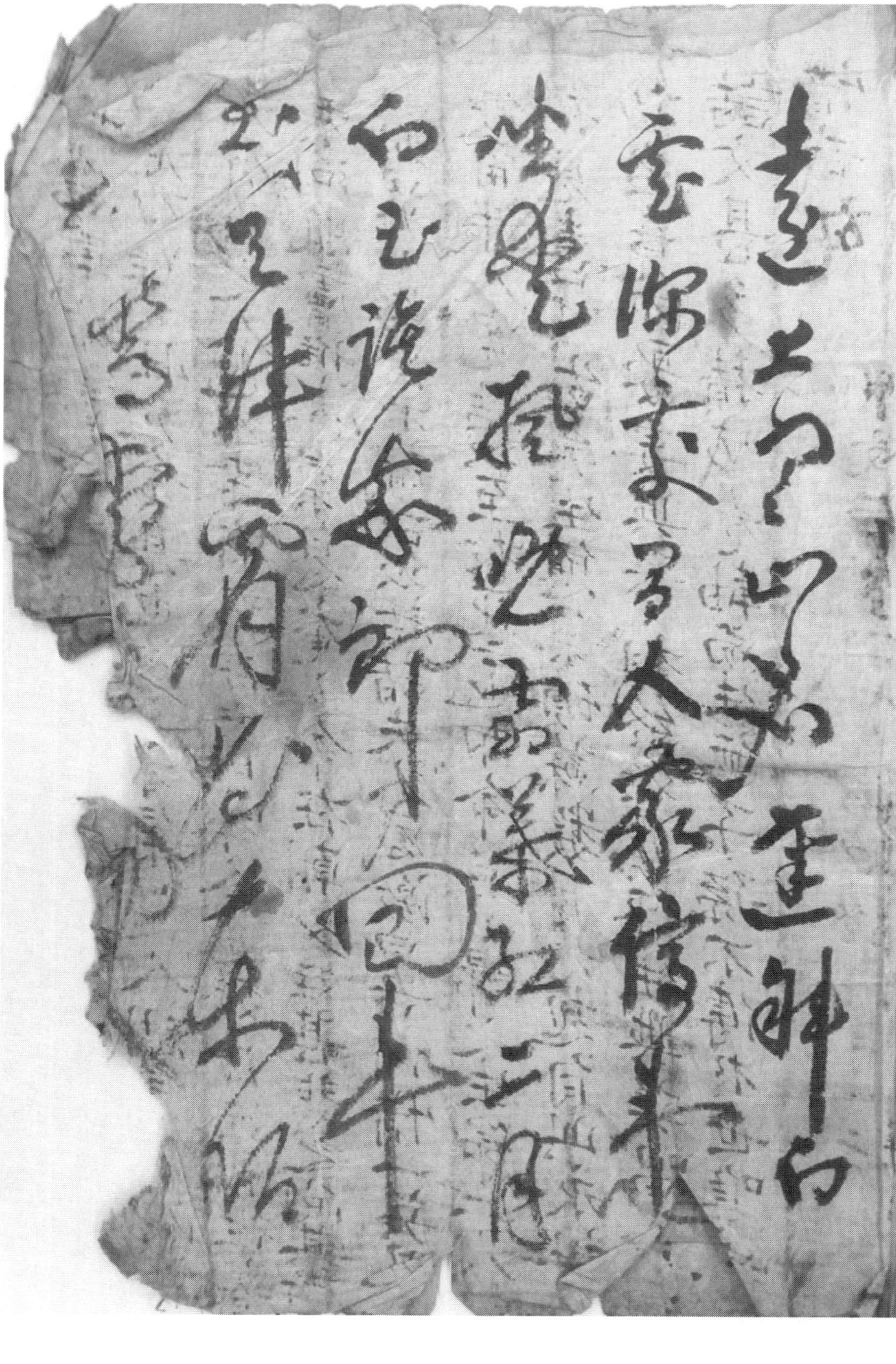

1

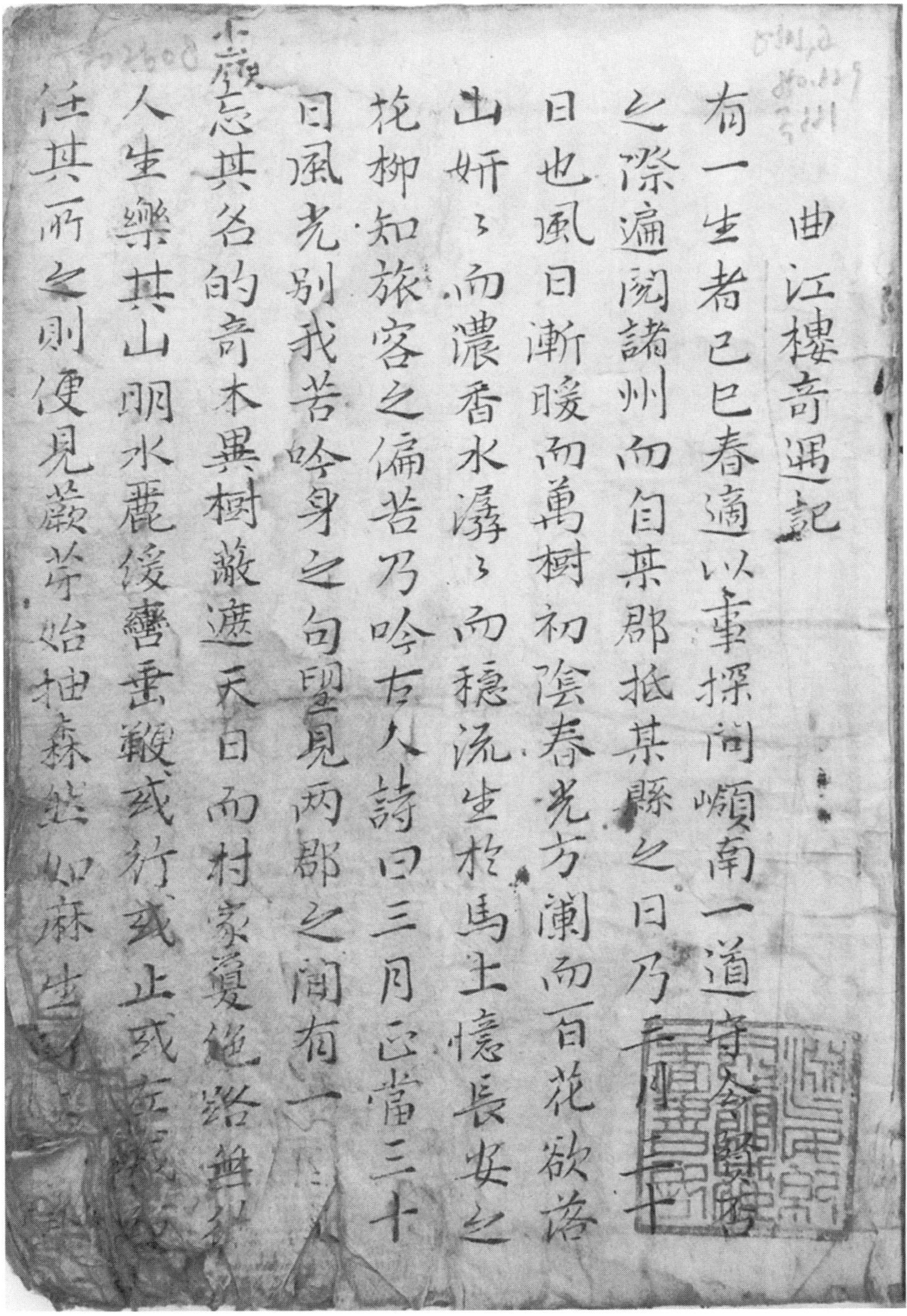

曲江樓奇遇記

有一生者己巳春適以事探問嶺南一道守令[illegible]

之際遍閱諸州而自某郡抵某縣之日乃三月十

日也風日漸暖而萬樹初陰春光方闌而百花欲落

山妍妍而濃香水潺潺而穩流生於馬上憶長安之

楊柳知旅客之偏苦乃吟古人詩曰三月正當三十

日風光別我苦吟身之句望見兩郡之間有一

巖忘其名的奇木異樹蔽遮天日而村家蔓絶路無[illegible]

人生樂其山明水麗緩彎蜒或行或止或[illegible]

任其所之則便見巖谷始抽森然如麻生[illegible]

3

採蕨則収拾極多回尋史之憩處言其山[illegible]
蕨之美史曰自辞朝之後草食野宿甘味未嘗[illegible]
新蕨有此採来則煑食甚妙也生曰煑蕨素是両班
之善饌而北村家之所能為也史曰汝言是矣因
上馬徃尋両班家於不半里適遇農夫問曰此間有
両班家乎農夫指之曰彼竹林多有品官也生先為
馳徃其處則緑竹猗猗青松落落百花盛開香氣襲
而人流觴曲水映帯左右中有小池池上有樓題曰
曲江樓小而極麗生自以為平生之奇遇直叩其門
則有白首老翁髙冠野服方坐樓上玩花而吟賞見

4

生之造其門驚問曰從何而來此耶生揖而對曰途
中行客路由此地側聞樓池之好景佳之貴而又因
薇蕨之採故暫借尊婢之手煮食一饌未知貴意之
如何耳於是老翁覩生良久答揖曰量是少年宗非
行路之人也生曰覩我匹馬單行非行人而誰耶翁
曰凡為行客過此者無不來遊而不見如君之匹馬
單行無奈非常人乎相與答話之際史行尾到老人
遑忙下拜叩頭而言曰僻在海隅特老臥窗[illegible]命十
世以終餘年何圖今日王事之行辱臨於陋[illegible]
引史及生登樓坐定之後生觀樓亭之景[illegible]

5

北屛玉山西掛落月東生初日而瞻逛雀之
壼裏之乾坤翫百花之開落知三春之方深見綠
衣拂地戲百鳥之戾天如非仙間之別區寧是南中
之東山也少頃進羞珎之物極其豐備也史悃長路
之行假寐於別軒生獨與老翁從容說話細〻引問
則翁曰姓柳名遇春本以文化大柳之宗派少有才
名博覽書史不幸屢擧不中遨遊人間遷延歲月往
在壬辰之亂奉慈母避患于四境偶到此地因爲流
落不能歸鄕邇來三十餘年之間老母辭堂生妻去
室終鮮兄弟旣無兒息流離海邦隻身無依而瞻望

故國鄉淚自零然奴婢盡多田庄殷饒而晩有孽息
依命到今不怕飢饉矣生曰嗚呼人生於世間品受
天定而但多男子女最爲貴得令公身雖安逸內無
奉侍之孝外無緦功之親百歲之後不幸捐館其爲
作他鄉之孤魂翁泣曰令君正言吾肝肺之事不勝
欝陶之情仍以致謝而問曰學書否生荅曰此如良
善之人奚暇讀書乎翁曰古人云容貌辭氣乃德之
符令君風度擧麗而豈不爲學書哉生曰人之學與
不學非容額辭氣之所可爲也老人啞笑曰辭讓之
心禮之端也請詩甚懇生辭不獲已走筆曲

7

以示之其詩曰
一帶溪流曲抱丘亂山屏擁小樓頭花春宿雨紅爭
墜柳拂輕煙翠欲浮泥落空廊飛紫燕草埋幽逕放
黃牛無錢可買杯中物只把新詩寫客愁
老人吟訖執生手曰君才如此非久屈於爲人之下
者也問生姓名居趾生亦以實對既而進午餉罷訖
老人携生遍示一區之景處生徘徊顧眄之間半撞
醉眼則有一佳人躲避叢篁之中露頭注目狀如引
招之者生怪其所爲斜視之則皓顔牙齒態度婷婷
淡裝素服腰圍纖纖真世間一國色也生望見心醉

頻頻矚目則女羞其多情隱而不現生憑憩以玩景由
花徑而到其所則竹林參差中草屋數間寬然獨存
傍無人居女見生之至忽閉窓悄然長嘯數聲生躅
此女必喪夫之人然猶未知獨處故佇立廊下窺伺
移時間無人跡生唐突排窓而入主人之悲歎殊
極悽愴無適有所思耶女俯首低聲曰貴人到此迺
室光彩萬倍豈有所思乎生曰過客幸臨有何光彩
矣因以溫言微辭問其獨在空林之故女忽垂淚
叙曰妾本京城人早喪父母養育於祖姑初入宮
者之削堂足踐馬轎之上不踏門前之路一自

9

家破之後蒼黃逃躲不知所之號哭中野適値
之姪於無所避處之因緣到此六年之間妾多薄命
禍患荐臻天不感念事事不幸良人以新及第之後
恩防于西塞又以丁卯之變戰死沙場痛矣奈何因
極奈何當此之時早知如此之怨雖萬段身死豈肯
為流落於此地哉計不遠慮唯知偷生之安處嫁還
之方人妾固所甘心今不敢悔矣而但妾自知流落
無依之人難保寡居終身之計叔舅待妾有同親女
故守身謹慎唯唯度日矣因嗚咽吞聲殆不堪情而
[illegible]不意今者貴人之遇在於千萬夢寐之外妾豈

不以實對欺誤他日之逢張生聞其言則惻隱之心
發於中情亦隨淚而撫慰曰桃李雖枯逢春而發花
藻玉無色遇匠再而耀今娘子以國色無雙之姿一
出繁華之地眺不敢不顧哉仍問姓氏季兒答曰姓
李字月娥時年二十有二矣生曰二十青春之年如
是煩勞之甚可惜可憐也且以他事微挑其意則女
歛衽作色而言曰貴人既已辱臨继以誠異於妾有
萬々之光而郎先大々之風也生曰飄蓬逐萍之客
奔走四方未嘗有一佳會心常自愧于衷況今日幸
與同話天爲之緣而如此萍水相逢盡是他鄉

11

也何爲有光失風之怪乎女無言可答而終有不
之態生不堪春情之發執手抱腰遂賦高唐之歡則
女出自懷中示一詩草生取而視之則其詩曰
干戈一自羅因緣從此良人已學仙幸遇同鄉訴怨
意其憐流落在天涯
生吟訖問曰此誰作也女曰賤妾粗知學書故難禁
終天之痛含愧做作爾生曰詩意抑楊思情甚多非
能文者何能作此乎又求他作則答曰此處非妾之
所居雖有所作者謄來相見恨不暇取來矣仍誦數首
而不可記其一〻生即欲次韻而私情所牽詩意茫

然尋思良久更吟其詩則結末云其恰流落在天邊
之者仙是向生之情生即次吟曰
偶因春蔵作新緣青眼相逢一美仙今日風流王事
急不知更見在何邊
吟罷女知其不可留住乃含默悽然曰賤妾之寵遇
郎君已如雲上之幸見蝴蝶今以事未恰又迫行期
同後無窮之思傳何人而分憂乎生曰男子百年周
遊四境無處不可再見何愁其煩惱之如是哉因以
情熟互相討論生平之事迎半晌之奇遇不覺西日
之將暮忽聞人言史往久矣生急起出門則斜陽掛

13

嶺嶠鴉歸巢相與攜手偶出竹梢之間不忍相別
情對泣之際為柳翁所覺翁曰少年可惜今日之景
不忘日後之思也元來柳翁遠目不明知有我身在
此不知有女在故發玆言也生答曰深荷尊公之厚
念銘心不忘矣翁曰日暮道遠好去好去生曰王程
有急好在好在遂相揖別而又與女訣曰王事且急
毋遲一刻而況吏行已遠吾不得不去此別之後遠
增魂夢之勞耳女哽咽不能對但牽衣墮淚而已生
亦曰新情未盡當見於他日毋得向思之如是毋傷
顏色之憔枯而鎮情定之々好在待時也女曰鎮情定之

心賤妾之素願而春思暗發於閑靜而夜之中則豈
能抑制於其間哉又曰此中之事都是的一箇虛言
而但祝郎君之好性也遂與目眩而別行不半里尋
思其事則似若春夢之初醒婉婉面目影在眼前隱隱
寃飄散不能忘之情哉欲墜馬者數次而不掩驛卒之
見在也僅得精神前到某郡專廢食飲達夜不寐幾
成死病矣驅馳之餘日往而同來男子之情見新而
忘心滅却向思之情而頗多相忘之心也某年某月
某日夜夢三更之後女盛飾華服不知何自而來謂
生曰感郎君之言操持一身以待黃河之清而春生

15

秋來音信斷絶山長水遠鱗鳴不至自是之後病入
膏肓銷瘦日鑠處到非命之域須臾半晌之情因把
生袖而痛哭生亦不勝當日之奇遇相別之慘酷對
笑聲遂聲動一室為人所覺汗透重被憂怖滿體嗚
呼世間之事雖有巨細之微皆應天數此女以半日
相逢之人情意相孚乃有今日之夢可謂可驗也然
處夢中之事惜緣別之情作為一律其詩

蓬島茫茫向夕曛三春花柳惜誰羣洛東浦口消魂
水渭北城頭入夢雲十載未敢如杜牧一身欠往似
文君仙樓別後無消息千里相思片月分

生處其夢花之事則非陽人之言語頗疑其死又作
三絶句有曰
明眸皓齒世無比國色元來薄命姿何處青山尋旧
跡四顧天末不勝悲
當日深盟今莫追唯餘逆夢不違期死生消息終無
問把筆含悲寫別詩
深盟結約兩不知惟有情餘夢裡疑他年若得重相
見無限難思在此詞
三句之外又題遙慰文以表平日相盟之情
惟娥花情艶麗舞學章臺之柳月態輕盈色奪幽

芝蘭昧學三貞之義誤入兩氏之門遺身世之多舛
逐蓬萍於南荒其也尋花蜂蝶之客潛跡王孫之人
荷相顧之不棄言既採而情通付之以重逢之約贈
之以不忘之詩豈意一夢分明三魂屢散半日奇遇
百年含怨時移事往憐錦帳之春空樂極哀生想玉
顏之入夜飽聞人間之好事那知造物之多猜自念
此生雖保當日之深盟相去夐絶空悵山川之脩阻
歌曰嗚呼佳人難得虛言莫忘玉貌花容宛在目傍
天高地厚此恨茫茫他鄉失偶誰賴依生湖海闊遠
乾坤崢嶸他季再遇浩蕩雖期江湖助声山雲成悲

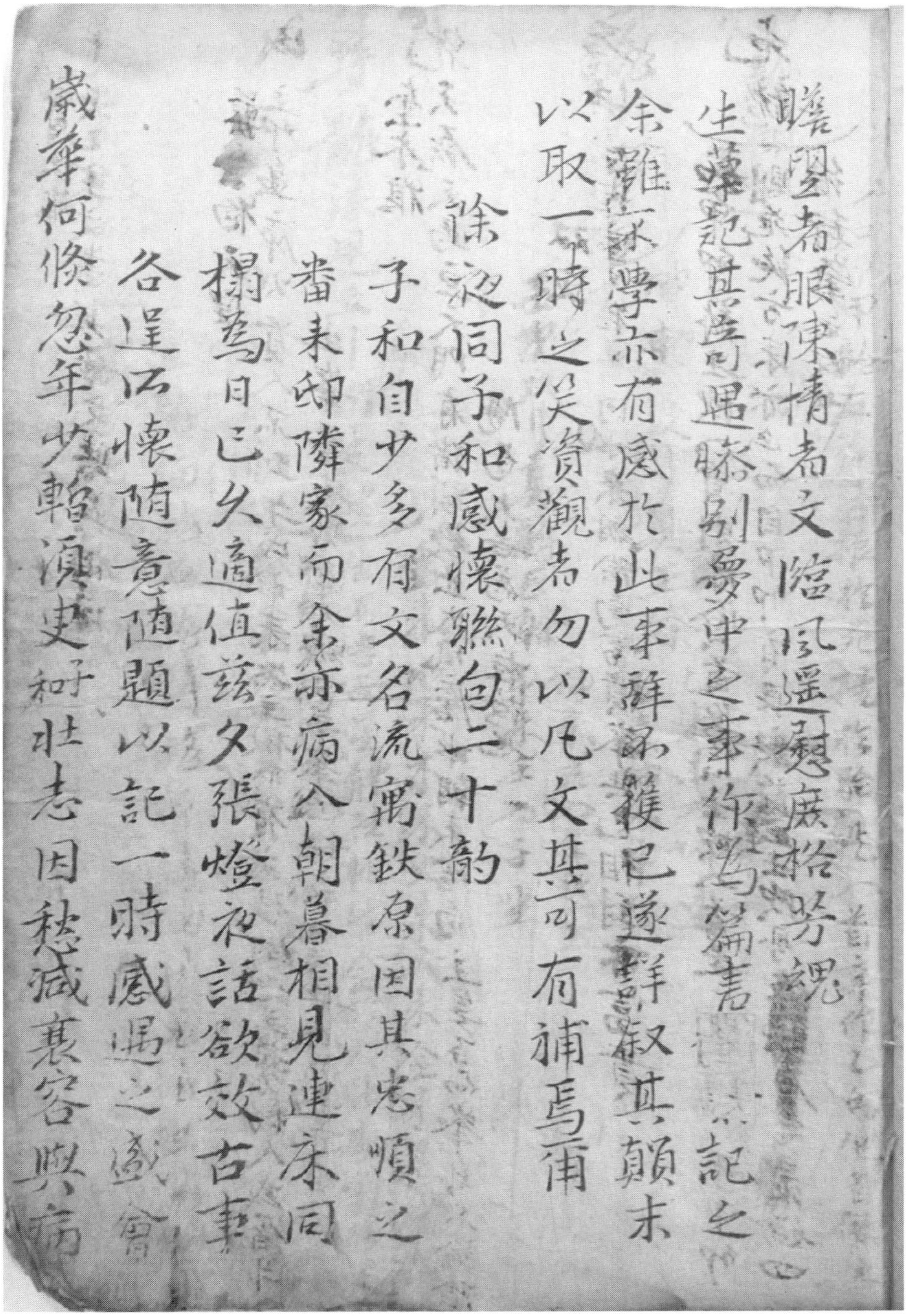

瞻望者眼陳情者文臨風遥慰麻姑芳魂
生華記其奇遇睽别夢中之事作爲篇書記之
余雖不學亦有感於此事辭不獲已遂詳叙其顛末
以取一時之咲資觀者勿以凡文其可有補焉爾
徐混同子和感懷聯句二十韻
子和自少多有文名流寓鉄原因其忠順之
畨来卭隣家而余亦病含朝暮相見連床同
榻爲日已久適值玆夕張燈夜話欲效古事
各逞所懷隨意隨題以記一時感遇之適會
歲華何倏忽年少翰源史和子壯志因愁減衰容與病

19

相思洞餞客記

弘治中有咸均進士金姓者忘其名也爲人容貌粹美
風度絶俗善屬文能笑語眞世間奇男子鄕里以風
流郎稱之年甫弱冠登進士第一科名動京華公卿大夫
家願嫁以愛女不論財貨也一日自泮宮還其第馬上
遙見青帘隱暎於綠柳紅杏之間生不勝春情之惱
思醉如渴遂典白苧單衫沽得眞珠紅酒酌以花磁
盞而飮之醉臥酒壚之側花香襲衣竹露洒面俄而
夕陽撲巓僕夫促歸生起而上馬揮鞭登道則白沙
平鋪遠近細柳垂裊川原遊人盡歸行路漸稀出咸

與微吟遂成一絶曰東陌看花柳綠驕驕不行何處生
人在梔矢無限情吟竟半拈醉眼則有一美人年纔二
八蓮步輕移陌塵不起腰肢嬝嬝態度婷婷或行或
止或拾瓦礫打起鶯兒或攀柳條行立斜陽或抽玉
簪輕搔綠鬟翠袂飄飄拂于春風紅裳照耀于晴川
生望之神魂飄蕩不能自抑促鞭馳詣乃視之稚年
韶顏眞國色也盤馬踟躕或先或後生神注目終莫
能捨去女亦知生不能忘情含羞低眉不敢仰視女
行漸遠生亦相隨趁其終到則相思洞路傍鍋室乃
其所止也生盤桓行立不堪惆悵然日已夕矣知其

無可奈何怏々然自失如醉如癡中夜撫枕寢不安
席廢餐忘飯食不下咽形容憔悴似枯木顏色慘悽
如死灰黯々怪然默々不語雖家人父母莫曉其所
以然也纔過十餘日呂老蒼頭莫同者來詢進謁
垂淚而問曰郎君平日笑語豪俠字筆不覊今乃
戚々然如有隱憂是何憔悴怨愁若是耶無乃有所
思乎生悽然感悟乃以實對莫同者心思良久曰僕爲
郎君請獻磨勒之計郎君毋用自煎熬曰然則將奈何
莫同曰吾已辦嘉肴美酒使極華侈直詣美人所到
家君將餞客之爲者借一間設盤筵呼奴請客云

亦承命云供食頃乃返曰今日錢客衆故辭其未得去之
明日定行云矣於是乎主人生命之出以酒肴辭飮之不現
顔色乃退明日又如之又明日亦如之乃感恩再則貝慳處之三
則必疑感恩乃思報慳處則思死疑則必請其所以於
是開襟吐欵則庶可圖矣生深然之欣然笑曰吾事偕矣
從其計即具酒肴直詣其家繼錢陳設送以邀客一如
所約生佯罵曰吐吐其人之誤佳期如是夫然携來素醲
不可虛還於此爲主人一壽亦非惡事仍呼主人出之七
十老嫗來見於生前之曰嫗且安適因錢客來舍于
此哉嫗先延納之後謝[illegible]因命進[illegible]酌酒

23

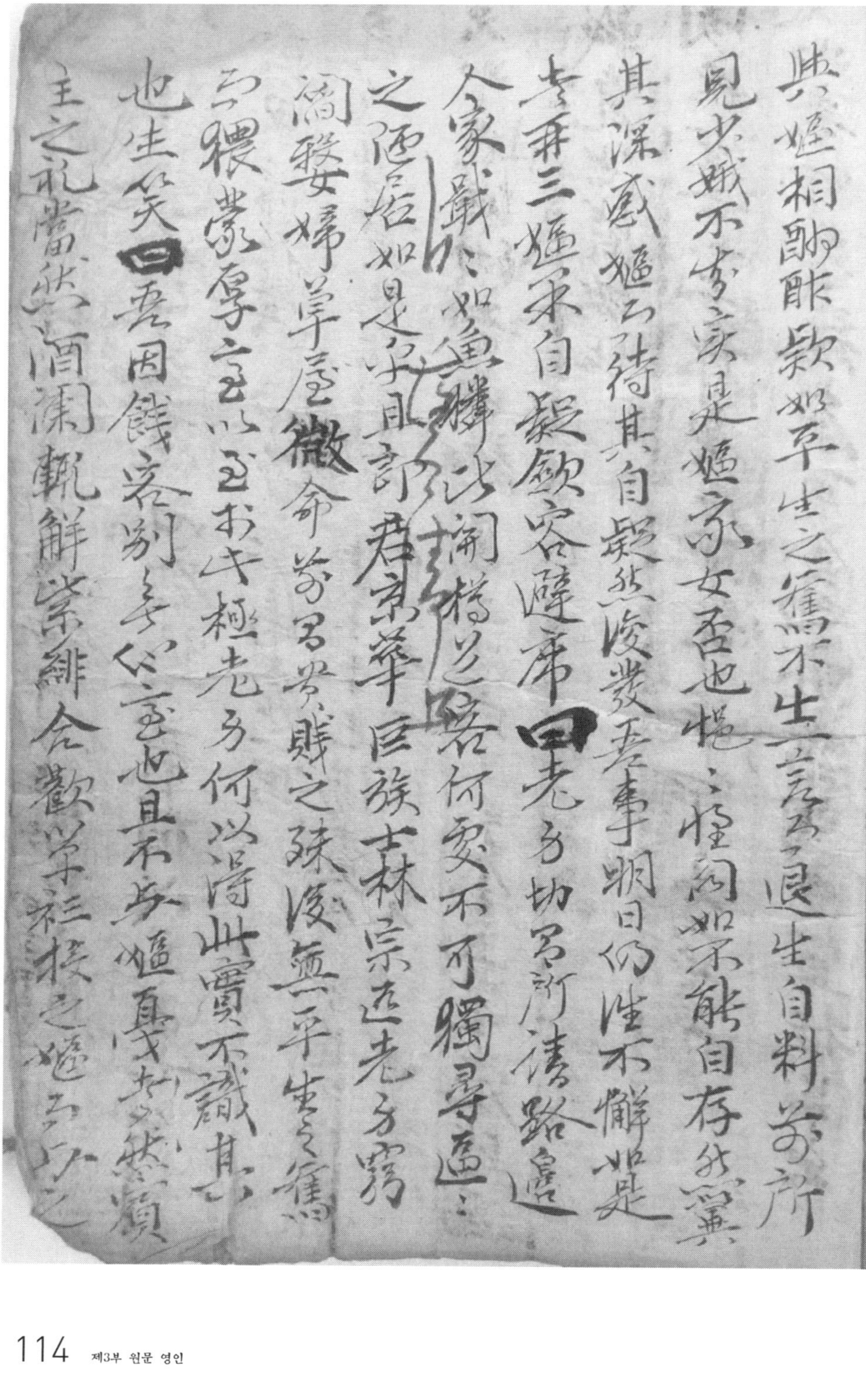

共娼相酬酢歡如平生之舊不生一言而退生自料若所
見少娥不是實是娼家女否也悒悒怪問如不能自存於冀
其深感娼而待其自疑然後發吾事明日仍往不懈如是
者再三娼未自疑斂容避席曰先生切不須請路邊
人家賤人如魚鱗比閭櫛之路何處不可獨尋遍
之陋屋如是乎且郎君京華巨族士林宗匠先生霧
闔發女婦草屋微命若又貴賤之殊後無平生之舊
而猥蒙厚意以至於斗極先生何以得此實不識其
也生笑曰吾因錢容別無他意也且不與娼直其然願
主之禮當然與酒闌輒解紫緋合歡

曰無煩娘家奚以爲報以此爲信物備他日不忘之資也
李娘勿却娘感之深疑之甚起而再拜曰郎君之賜也
此則老身之感滋甚云云矣乃問所以然之然郎下倫
老身寡居多年仍與隣里之人娘子頗籍於郎
君之所須於老身雖死不辭也生矣而不答娘之請
强然後生莞爾而笑曰此洞名云何曰相思洞也曰爲洞
名之所由耳娘微哂曰郎君奚爲以辯[illegible]之往事於老身
乎但此洞昔有一少女幼穉兒如魏郎之風流何任依
所思婷婷然不在此懶然失色曰僕既爲娘所擧安忍
不以實告乎某於某同年日從書友來路上適逢少娘

予身甫十五六衣翠羅衫紅綃裳着白綾襪紫的鞋
以真珠鈿盤索頭靈色珠環了約指由前代嬪之路
遂逸而去僕以身少俠氣不我棄情之馳驚尾而
隨之趍其所到乃嬌家是也自此心醉如渴萬事茫
然唯吾少娘是念明眸皓齒窈窕深思之心權斷
腸飛一朝一夕嬌見我顏枯槁為如何哉恕是而煩嬌家
餞客不得不已也嬌以之深情吾豈然未有生之所
念為何人也況吾半飢釋然頓悟曰某而之世乃亡
兄之少女名英字蘭香若乃而訪雜家之生活何
也曰是乃檜山君侍婢也生於宮中長於宮中不處

閨房之路久矣姿色之美況爲郎君所覩不必縷言
君道雅必守態之寔於士族家女加之以窈窕
律能解文故進賜憐之意將以爲祿衣至夫人不能
免媢忌之俗至於河東之吼故未果然畏夫人之
不憚孝以至寵之食節祀至於忌毋靈於此故清暇於丈
人第亦未有我適值進賜之出遊故以致此行不然郎
君何由得接面目哉以郎君之交因一會識離矣矣
生何天大恩已矣吾死矣姬深惧于然以洞口矣
已有定一馬端午以滿一月於付老方當爲之先復設
小飲以此生子之人第清酌笑半日之暇則尚可慶哉

27

萬一也郎君且歸待期未會生去圖果如嬙言今
閏之五月吾乃邑望七月十五也生與嬙別各道萬
福乃退歸然嬙日之斜陽愁夜之色度一日如三
秋待佳期如不及頗多翁生以宣于樽前之悵
乃作恒娥一闋其詞曰晝寂寂一庭梨花風雨夕夕
相思不見音耗兩隔却悔當年歸須圓我心安
淚頻如石望相憶對花腸斷臨風淚滴及闋其
生嬙出而迎之生問其意而不假生一言秖守其勢
君何嬙曰回非爲進士人寄請之甚懇士人爲言
進賜乎十日找笑見生大甚嚴我豈敢從此好何

進賜明日與鄉寧生遊而作今節之會則吾何惜一笑乎
暫時閑也夫人之言則寧寧矣第未知進賜之出遊
與否也生將信將疑且喜且恨心莫能定而情於渴之
凡閑六時之日將欲午了了形影宵頻臆熱凝
坐成癡癡正若霧後癡然也生起立揮扇擊柱曰
嗟嫗乎告之曰然臆已斷坐眼觀檐角少有人過而
却飛吾往絕矣嫗慰之曰且誠然郎且少安焉
須臾也有戔履聲自遠而近驚顧視之乃蘭香
也生拍手曰豈非天也嫗嫗喜之如慈母之見孩兒
也笑見門第綠柳叢蓊長嘶庭畔淸陰僕從

29

羅列怪可躑躅不敢入猝娥謂吳曰汝可速入之也
疑汝不識世郎乎安因甚笑取簇也又酒過來隨會將歡
錢令吾身且汝來何暮將想終不來故已登汝
且笑汝乎因恣取盃盤來將以奉郎乎七爵耳
吳如其言奉盤而至娥乃坐取酒於蜀酒半坐
謂吳曰娘娘就坐吾邊吳羞愧不堪當娥
曰汝生長深宮不識世情情乃爾汝能識字否
酬酢之多乎非安吳乃之又酒猶未快亦把盃而已
作嬌朱唇而已娥乃娥伴醉倦坐欠呻思睡頻頻
可言能吾為酒所困氣甚不穩且欲少休汝斷

30

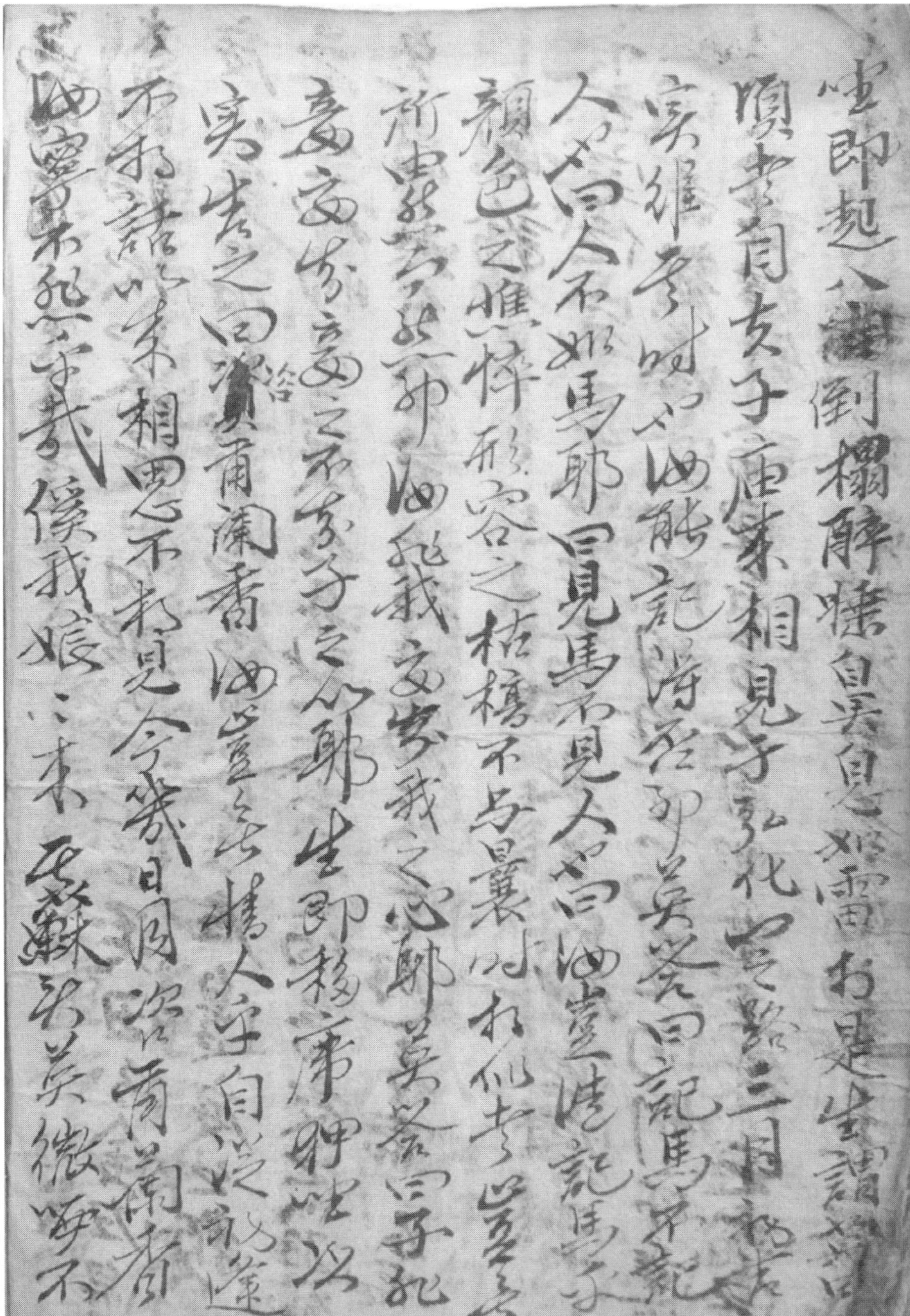

31

若坐歎以為乎氏仍以繼夜要以同枕矣不可冒焉進
賜於予也遊暮而當還妙妾而得歸于此還亦必
降妾乃解衣而可以寢蘭僧臨於萬死之地是
望盡只卜不卜其夜生者而不可久留仍以微言挑之
曰蓂如若言當乃此心何日忍言暮分手之期也向後
會不易良晤難再幽恨憐之正是合半餉之歡遂
歎壁之美斂容正色而言豈木石人哉吾不識郎君
心內事乎空進賜不以妾為雜薄不可使離於左右
信任之不出中門之外今之來此也犯嚴令若又淫行
不玄醜聲彰以死而餘罪復歎從之命云

平生附壁而嘆曰豈生乎爲泉下人哉遂歎
素手摘素紙援玉脚惟恐所欲之所不爲至於強歡
甲寅安書數情竭述百端詩之而鳥飛免忘兔之
處歲月如流紅易歇芳易衰蝶篋悲恐而無
益夫此何以異乎顏朱凋於轉頭髮生白於彈指朝
之暮暮雨神女本無蹤跡碧海長天月娥應悔偷
靈藥禽鳥生微而比翼木性頑而連理別情總之所鍾
豈人物之異致畫鳳蝴蝶之夢特惱空房夜月杜
鵑之啼倫鶯孤枕豈可使杜牧之尋芳晚
寓言見嫦娥遲遲貪青春之年而空遺黃壤之

悔每恨雲綠樹寂寞千載之氣丘長信門高蕭條然夜
之秋雨嗟吾心之多思惜娘子之之情生焉何後死而矣
莫終不肯隨回如錢之乎賤妾又如何相尋生前有早別之情
審宮門幾重欲致之信無由可達更至喜恨之雙青乎
莫曰子豈不我幸哉是月十五日進賜與王子諸公約為戲
月之會是夜必入夜多還且以宮之墻垣適為風雨之所壞進賜
復於營家故時未渾之節君於此日乘昏黑來到壞垣之
探之則中墻之門當答之時之中門而入循墻而下十步許別
有寢廊一所潛而子此待妾也速而何雖乎佳期哉生願終
之牢之約宋多神而婦一時登途漸來南北而之見四目

然消魂而已自此夜憶尤甚乃作四韻一首以自悼曰宮門何
處鎖嬋娟一別音容兩渺然此日雖忘情態處當時誰結
好姻緣心勞悲抱愁如雨夢答佳期日似年正欲尋芳芳去
夜登樓看月幾時圓夜期而往則果有墻垣呀然成門
由之入度盡穿深乃得小門推而試之果不鎖也入而東下果得
別室心自私賀曰蘭香不欺我矣乃投其中以待英出于時白
月翳雲凄風乍起階上群芳猜香浮動庭之綠竹踈韻蕭
蕭忽小閣之扉自開而生出於遽將惧而屏息潛聽跫音漸近
衣香來襲不聞眼視之則乃蘭香也生出而携肩曰情人金某
在斯期矣英曰郎君大是信士携手押坐問生安否生答曰

忍得萬死僅保殘喘云云英曰何故云云無郞曰地道人設之故也
於母打話不覺夜深坐仰見明月白驚之曰我來時此月在東
今已中天夜於過半不以此時同枕於何俟爲郞把之矣衣襟
解之英止之曰郞君待妾爲衆中之遊女乎妾別有寢房一
所可於其中穩度良夜生掉頭而謝曰我以冒法賭死崎嶇
到此一之謂甚其可再乎他事之貴得嘗萬金若又生憂
恐事泄英答曰事之泄不泄唯我在郞〻勿用慮乃推生擁
入生不得已隨之踟躕惶恐一門如臨深淵如履薄氷無移
一足之動輒九跲汗出至踵未能自覺矣何繞曲墻循回廊入門
者再三矣後達于大內宮人耗熟庭廷寂然惟鉄窓

明燭可以交人暖所也英引生納之一房曰郎其小妾即英
多々不出生來條々郎玄坐或臥私性殊深已有人傳入中門
驚曰進賜來矣蕭庭炬燭照耀輝煌侍妾奔走左右擁衛
尚不覺悟與娘漸々英承女人之命曰此非吟地恐爲風
所傷王子起而扶入人拜漸息火光亦滅英左手持玉燈右
手携銀餅生曰此劍生金盤果是自以爲將死而已英
笑謂生曰郎君太々勿爲驚懼之心乎妾欲慰之故溫酒
而未耳遂以金荷葉盃酌而勸生々飲之又勸一酌生辭曰
在情不在酒仍命撤玄生見々他物只有朱紅書案置
杜草堂詩一卷以白玉書鎮鎮之琅玕卓上横一短琴生

37

即口號二句先唱曰琴書蕭洒添々古屋正稱房中主人翁然今日今夕不知是何夕錦衾瑤席對佳人須臾雲雨相携乃逢枕後盡繾綣之意夜已將半鷄鳴々然催曉遠鍾隆々乎羅帳漏生不起散步歔欷發聲曰良宵苦短兩情窮矣而將別何一壯宮門後會難期其如此心何英娘之呑聲飲泣玉手揮淚曰紅顏薄命古來所獨如今微妾生如此而別死如此而怨其生其死如花殘葉落將不待歲月之亦々矣郎君以男兒鐵石之心何可屑々然以兒女爲念々傷性情哉伏願郎君此別之後不置妾面目於懷抱間以生[illegible]保千金之軀勉不廢業擢高第登雲路盡平生之所願

悲悲仰抽兎毫蒙管開豼尾硯展高鳳箋遂寫一什

詩吟付爲信曰幾日相思皆爲遠繡窓倚帳接手容燈前

未盡論心事桃上先驚動曉鍾漢不禁鳥散巫山夢後

雨雲濃遠別後消息更憑宮門鎖幾重生離死別之悲

不自禁淚下如雨濡筆即和曰燈殘紗窓落月斜相看

牛女隔天河良宵一刻千金直別淚千行百恨和自是佳

期容易阻由來好事許多魔何年得還相見無

限悃情奈老何英展而讀臨見淚滴濕字不能了了看收

藏之懷中脉脉無語握手相看已燭燈掩翳東窓

歎朔英携手出送于墻垣之外兩人相與嗚咽不能成泣

慘於死別生兒還家來神失魂視不見物聽不聞群笑歸
世故矣一事掛念數作一書以致長志之意以相思洞老嫗兒已稍
世多後寡去悽葬貝帳閨靈樊勞要相思云已歲月荏苒光陰
倏忽百憂叢集裡三春已過情隨事變念惟稍致復予覺業
沉潛于經史發奮乎文章以待槐黃之期湖南距於試場非
進于樓櫂子人之為壯元光耀一世人笑能肩方三日遊街頭戴
桂花手執牙笏前導雙蓋後擁天童衣銀傳支左右程枝
執樂工人衆群並美觀光滿街若天上郎然也生平壯半
醒壺氣浩蕩著鞭跨馬一日之家忽見道傍有墻繞墻
逶迤守百步碧瓦朱欄照耀子四面千花百卉以入之

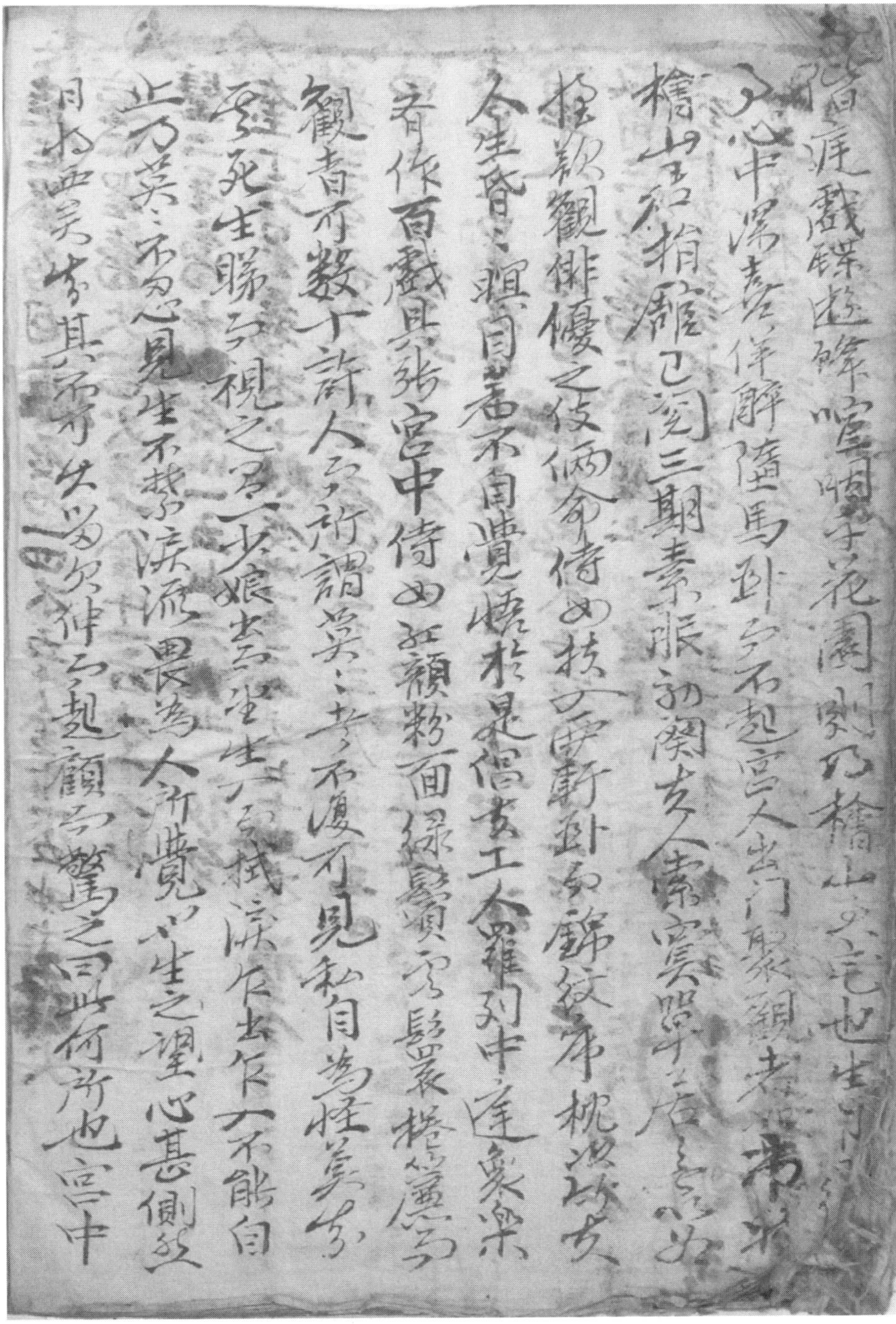

階庭戲蝶遊蜂喧鬧于花園 則乃檜山之宅也 生[illegible]
入心中深喜 佯醉墮馬 臥而不起 宮人出門聚觀者[illegible]
檜山君稍醒 已過三期 素帳初闋 去人索寞 只[illegible]
推款觀俳優之伎倆 命侍女扶而歸 臥而錦紋席 枕[illegible]
令生昏昏 瞑目若不自覺 悟於是 倡女工人羅列中庭 奏樂
者作百戲 其張宮中 侍女紅顏粉面 綠鬢雲鬟 擁[illegible]
觀者亦數十許人 而所謂英英者 不復可見 私自為怪 英[illegible]
[illegible]死生睽而視之 曾一步 娘出而坐 生而拭淚 乍出乍入 不能自
止 乃英英 不忍見生 不禁淚流 恐為人所覺 以生之望心甚惻然
[illegible]其所出為一回 佯而起 顧而驚之曰 此何所也 宮中

老莊獲乃以實對生卽欲起出夫人念生醉渴命英〻奉茶而進兩人相近不得出一言徒爲目成而已英奉茶旣竟將起入內則花箋一封落自懷中生拾而藏之袖中上馬還家拆而觀之則其書曰薄命妾英〻再拜白金郎足下妾英生未相從又不能死殘骸餘喘至今尚存豈妾微誠念君未至天何莫〻地何茫〻桃李春風閉妾深宮梧桐夜雨鎖妾空閨久廢絲桐蛛網生匣空藏寶鏡塵土滿奩斜陽暮天能添妾恨曉星殘月不知妾心登樓望遠雲蔽妾眼倚門思懷愁斷妾魂吁嗟郎君妾寧不悲妾又不幸老媼指家歡寄音

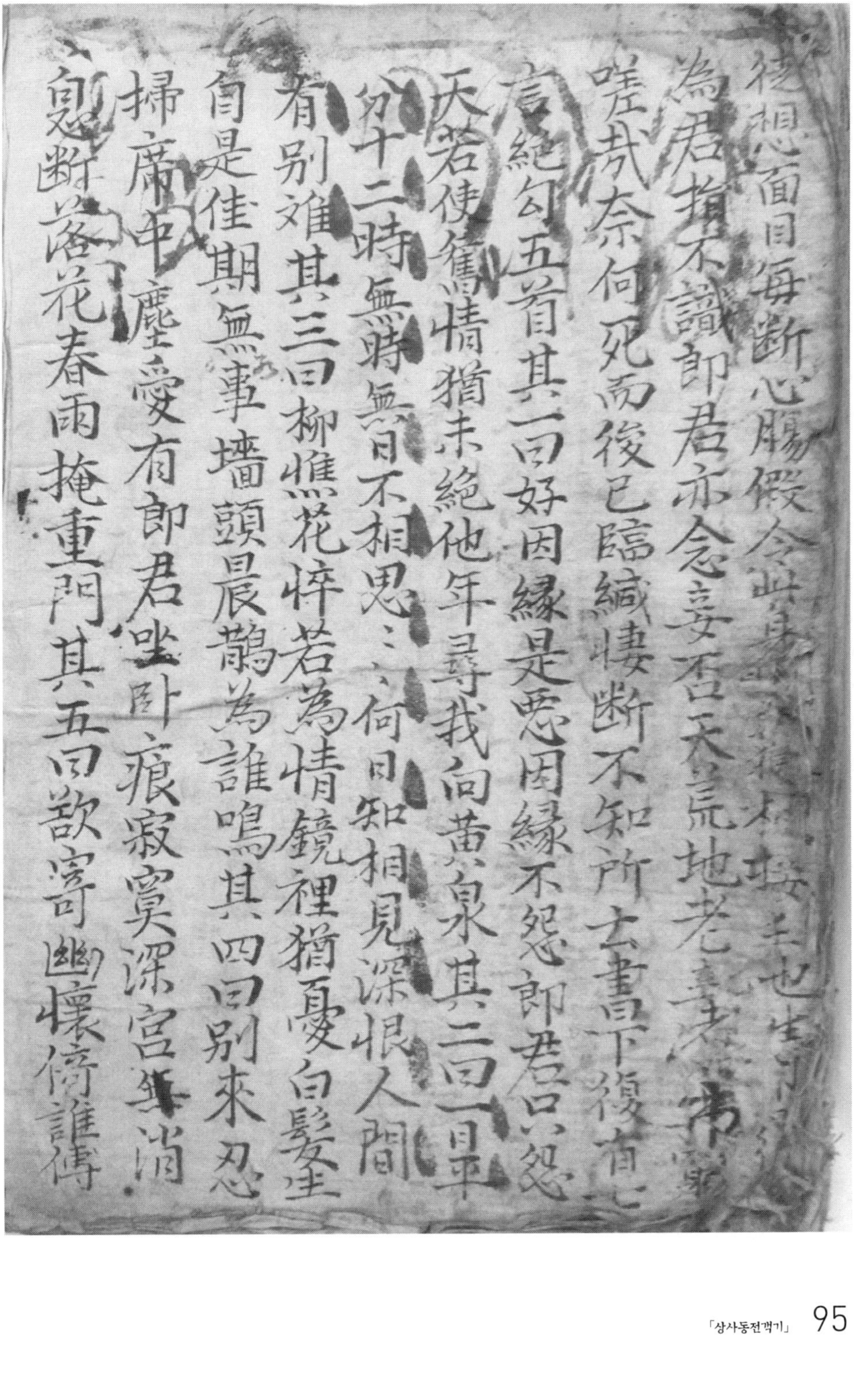

後想面目每斷心腸假令此身[illegible]
為君指不識郎君亦念妾否天荒地老妾[illegible]
嗟哉奈何死而後已臨纖悽斷不知所去書下復有七
言絶句五首其一曰好因緣是惡因緣不怨郎君只怨
天若使舊情猶未絶他年尋我向黃泉其二曰一日
夘十二時無時無日不相思思何日知相見深恨人間
有別離其三曰柳憔花悴若爲情鏡裡猶憂白髮生
自是佳期無事墻頭晨鵲爲誰鳴其四曰別來忍
掃席中塵愛有郎君坐卧痕寂寞深宮無消
息斷落花春雨掩重門其五曰欲寄幽懷倚誰傳